DE

Sándor Márai v

Kassa (nu Košice, Slowakije) in een rijk burgerlijk milieu. Hij studeerde in Leipzig, Frankfurt en Berlijn, vertaalde Trakl en Kafka in het Hongaars en was van 1923 tot 1929 correspondent van de *Frankfurter Zeitung* in Parijs. Vanaf 1929 publiceerde hij romans, verhalen, gedichten, essays en toneelstukken. Gedurende de nazi-tijd leidde hij in Boedapest een teruggetrokken leven. Na de wereldoorlog wees de tweetalige Márai het communisme af en ging in ballingschap, tot 1950 in Zwitserland, tot 1952 in Italië, daarna in de Verenigde Staten. Zijn boeken werden in Hongarije verboden en verschenen vrijwel onopgemerkt in het buitenland. De laatste jaren van zijn leven leidde hij met zijn vrouw en aangenomen zoon een eenzaam bestaan in San Diego, waar hij op 22 februari 1989 zelfmoord pleegde. Sándor Márai wordt sedert zijn herontdekking in 1999 door literatuurliefhebbers algemeen beschouwd als een van de belangrijkste Europese schrijvers van de twintigste eeuw. Zijn roman *Gloed* werd een groot succes in Italië en Duitsland. In 2000 verscheen dit boek in Nederland en bereikte in korte tijd vele herdrukken.

Sándor Márai

De erfenis van Eszter

Vierde druk

WERELDBIBLIOTHEEK · AMSTERDAM

Uit het Hongaars vertaald door Mari Alföldy

Eerste druk, november 2000
Tweede druk, januari 2001
Derde druk, februari 2001
Vierde druk, februari 2001

Oorspronkelijke titel *Eszter hagyatéka* (1939)
Omslagontwerp Joost van de Woestijne

Spuistraat 283 • 1012 VR Amsterdam
tel 020 638 18 99 • fax 020 638 44 91
e-mail info@wereldbibliotheek.nl
www.wereldbibliotheek.nl

ISBN 90 284 1900 4

I

Ik weet niet wat God nog voor plannen met mij heeft. Maar voordat ik doodga, wil ik nog de geschiedenis van de dag opschrijven waarop Lajos mij voor de laatste maal bezocht en me beroofde van het laatste wat ik had. Drie jaar lang schuif ik het optekenen al voor me uit. Nu heb ik het gevoel dat een stem waartegen ik me niet kan verweren me maant om haast te maken met het opschrijven van de geschiedenis van die dag – en alles wat ik van Lajos weet –, omdat dit mijn plicht is en omdat ik niet veel tijd meer heb. Zo'n stem is niet mis te verstaan. Daarom gehoorzaam ik, in de naam van God.

Ik ben niet jong meer, gezond ben ik ook niet en ik zal spoedig moeten sterven. Ben ik nog bang voor de dood? De zondag waarop Lajos voor de laatste keer bij ons was, heeft me zelfs van mijn doodsangst genezen. Misschien komt het door de tijd die meedogenloos is geweest, misschien door de herinnering die bijna even wreed is als de tijd, misschien door een bijzondere genade, die volgens de leer van mijn geloof soms ook geldt voor de onwaardigen en de koppigen; misschien komt het door ervaring en ouderdom dat ik de dood met een gerust hart tegemoet zie. Het leven heeft me een prachtig geschenk gegeven en alles ontnomen... Wat kan ik nog verwachten? Ik moet sterven, omdat dit de wet is en omdat ik mijn plicht heb vervuld.

Ik weet dat dit een groot woord is en nu ik het geschreven zie staan, deins ik ervoor terug. Het is een woord van hoogmoed waarvoor ik me eens voor iemand zal moeten verantwoorden. Het duurde lang voordat ik mijn plicht onder ogen zag en toen ik eindelijk gehoorzaamde, verzette ik me, ja ik gilde en protesteerde wanhopig. Toen voelde ik voor het eerst dat de dood een verlossing kan zijn; toen kwam ik te weten dat de dood vrede en ontspanning is. Alleen het leven is vol strijd en schande. Wat een merkwaardig gevecht was dat. Wie had ertoe bevolen, waarom was het niet mogelijk om eraan te ontkomen? Ik had alles gedaan om het te ontlopen. Maar de vijand kwam me achterna. Nu weet ik dat hij niet anders kon; we zitten aan onze vijanden vast en zij kunnen ons ook niet ontvluchten.

II

Als ik eerlijk wil zijn – en wat zou het schrijven anders voor zin hebben? –, moet ik bekennen dat ik in mijn leven en mijn daden geen spoor terugvind van die bijbelse woede en de drift, of ook maar van de vastberadenheid en hardvochtigheid die volgens anderen mijn veelvuldig verkondigde opvattingen over Lajos en mijn lot kenmerkten. 'Mijn plicht vervullen', wat een hardvochtige en theatrale uitdrukking! Je leeft... en op een dag merk je dat je je plicht vervuld hebt, of niet. Ik begin te geloven dat die noodlottige, grote beslissingen die het karakteristieke verloop van ons levenslot bepalen, veel minder bewust zijn dan we al terugblikkend denken. Ik had op dat moment Lajos twintig jaar niet gezien en meende dat ik me gewapend had tegen de herinnering. En toen kreeg ik op een dag zijn telegram, dat klonk als een operalibretto, even theatraal, gevaarlijk, kinderlijk en leugenachtig als alles wat Lajos twintig jaar eerder en nog daarvoor mij en anderen had gezegd en geschreven... Het klonk als een openbaring, veelbelovend, mysterieus, en zo doorzichtig vals, zo vals! Met het telegram in mijn hand liep ik naar Nunu, die in de tuin was; ik bleef staan op de veranda en zei met luide stem: 'Lajos komt terug!'

Ik weet niet hoe mijn stem klonk op dat moment. Waarschijnlijk gilde ik het niet uit van geluk. Ik moet gesproken hebben als een slaapwandelaar die wakker gemaakt is. Twintig jaar had deze maanzieke slaapwandeling geduurd. Twintig jaar lang liep ik ergens langs de afgrond, met gelijkmatige tred, rustig en met een glimlach. Nu werd ik wakker en zag de waarheid. Maar ik was niet meer duizelig. De waarheid, zowel de waarheid van het leven als die van de dood, heeft iets rustgevends. Nunu was bezig de rozen op te binden. Ze keek naar mij omhoog uit de diepte, waar ze met haar ogen knipperend tegen te zon tussen de rozen stond, kalm zoals bij een oude vrouw past.

'Natuurlijk,' zei ze.

Ze ging verder met het opbinden van de rozen. Ze vroeg nog: 'Wanneer komt hij?'

'Morgen,' zei ik.

'Goed,' zei ze. 'Ik zal het tafelzilver achter slot en grendel leggen.'

Ik begon te lachen. Maar Nunu bleef ernstig. Later kwam ze naast me zitten op het stenen bankje om het telegram te lezen.

'Wij komen met de auto,' schreef Lajos. Uit dit 'wij' leidden we af dat hij ook de kinderen mee zou nemen. 'We komen met z'n vijven,' stond er nog. Nunu dacht aan de kippen, de melk, de slagroom. Wie zouden de andere twee zijn, vroegen we ons af. 'We blijven tot morgenavond,' meldde het telegram nog; daarna kwam wat hoogdravend gezwets, woorden, waar Lajos nooit zuinig mee kon zijn, zelfs niet in telegrammen. 'Vijf personen,' zei Nunu. 'Ze komen in de loop van de ochtend en blijven tot de avond. Haar oude, bloedeloze mond bewoog geluidloos, ze maakte berekeningen en optelsommen. Ze berekende de kosten van het middageten. Daarna zei ze: 'Ik wist dat hij nog eens terug zou komen. Hij durft niet meer alleen te komen. Hij neemt helpers mee: de kinderen, vreemden. Maar hier is niets meer.'

We zaten in de tuin en keken naar elkaar. Nunu denkt dat ze alles van me weet. Misschien weet ze inderdaad de waarheid, die definitieve, eenvoudige waarheid, die we met zoveel sluiers proberen te verhullen. Ik vond deze alwetendheid van Nunu altijd ietwat kwetsend. Maar ze was heel goed voor mij, op een droge, verstandige wijze. Uiteindelijk gaf ik me altijd gewonnen. In de onzichtbare, klamme mist die in de laatste jaren over mijn leven was getrokken, was Nunu het licht, een zacht, zwak vlammetje dat richting gaf met zijn stralen. Ik wist dat ze ook nu geen gevaarlijke en angstaanjagende mogelijkheden zag zoals ik, ik wist dat ze een grapje maakte toen ze meteen na het aanhoren van de inhoud van het telegram zei dat het tafelzilver achter slot en grendel gelegd moest worden omdat Lajos in aantocht was. Het is overdreven, dacht ik, Nunu drijft de spot met hem. Tegelijkertijd wist ik dat Nunu uiteindelijk op het laatste moment inderdaad het tafelzilver op zou bergen, en dat nog later, als het niet meer om dingen als het tafelzilver zou gaan, als het over het geheel zou gaan, dat niet verborgen zou kunnen worden, Nunu ergens in mijn buurt zou zijn met haar sleutels, in haar zwarte zondagse jurk, met haar rimpels, zwijgend en met de ogen knipperend, een en al behoedzaamheid. En tegelijk wist ik dat op dat moment niemand me nog kon helpen, zelfs Nunu niet.

En al wist ik dit allemaal nog zo goed, plotseling werd ik vrolijk alsof er geen enkel gevaar dreigde. Ik weet het nog: ik maakte grapjes met Nunu. We zaten in de tuin; we luisterden naar de herfstdronken zoemende wespen en praatten lange tijd zachtjes over Lajos, de kinderen en over Vilma, mijn overleden zuster. We zaten voor het huis, onder de luiken van het raam waarachter lang geleden, vijfentwintig jaar eerder, mama gestorven was. We zaten tegenover de lindebomen, vlak bij de bijenhof van mijn vader; maar de bijenstal was al leeg. Nunu hield niet van het gedoe met de bijenkorven en op een dag verkochten we alle achttien bijenvolken. Het was september, de dagen waren zacht en lauw. We zaten in de bekende veiligheid, die tegelijk een beetje de veiligheid is van een schipbreukeling en die van geluk zonder verlangen. Ach, dacht ik, wat kan Lajos hier nog meenemen? Het tafelzilver? Wat een belachelijke verdachtmaking; wat zijn die paar gedeukte zilveren lepels nog waard? Toen rekende ik uit dat Lajos de vijftig gepasseerd was. Hij was die zomer drieënvijftig geworden. Zilveren lepels konden hem nauwelijks nog helpen, en als dat wel zo was, mocht hij ze hebben.

Nunu moet ook zoiets gedacht hebben. Ze zuchtte en stond op. Ze liep het huis in en zei vanaf de drempel van de veranda: 'Je moet niet lang met hem alleen blijven. Je moet Laci, oom Endre en Tibor voor het middageten uitnodigen, net als op andere zondagen als jullie bij elkaar komen en dwaze spelletjes spelen met de geesten. Lajos is altijd bang geweest voor Endre; ik denk dat hij hem ook geld schuldig is. Wie is hij géén geld schuldig?' vroeg ze, en ze begon te lachen.

'Ze zijn het vergeten,' zei ik, en ik lachte ook.

Ik was al bezig om hem in bescherming te nemen. Wat kon ik anders doen? Hij is de enige in mijn leven van wie ik ooit heb gehouden.

III

Het telegram dat de ongelukstijding – of het goede nieuws – bracht, was zaterdag tegen het middaguur gekomen. De middag en de avond die voorafgingen aan de komst van Lajos herinner ik me slechts vaag. Nee, Nunu had gelijk: ik was niet meer bang voor Lajos. Je kunt bang zijn voor iemand van wie je houdt of die je haat, iemand die heel erg goed of heel erg wreed tegen je is geweest, of doelbewust kwaadaardig. Maar Lajos is nooit gemeen tegen me geweest, al was hij ook nooit goed voor me in de betekenis van de schoolboekjes. Was hij laaghartig? Dat gevoel heb ik nooit gehad. Ja, hij vertelde leugens; hij loog zoals de wind ruist: met een natuurlijke kracht en opgewektheid. Hij kon ongelofelijk kleurrijk liegen. Mij vertelde hij bijvoorbeeld de leugen dat hij van me hield, alleen van mij. Vervolgens trouwde hij met mijn zuster Vilma. Maar later merkte ik dat hij dat allemaal niet doelbewust had gedaan; hij werd nooit geleid door listige opzet, geraffineerde plannen of kwaadaardige bedenksels. Hij zei dat hij van me hield, en ik heb zijn woorden nooit in twijfel getrokken, maar hij is gewoon met Vilma getrouwd, misschien omdat ze knapper was, of omdat de wind die dag uit het oosten kwam, of omdat Vilma dat wilde; hij heeft nooit gezegd waarom.

Die nacht, toen we Lajos terugverwachtten – voor de laatste keer in het leven, dat wist ik –, kon ik lange tijd de slaap niet vatten; ik was voorwerpen aan het rangschikken waaraan herinneringen verbonden waren; ik bereidde me voor op het bezoek, en voordat ik in slaap viel, las ik oude brieven van Lajos. Ik geloof nog steeds heilig – en onder het lezen van die oude brieven kwam dit gevoel met een buitengewoon overtuigende kracht naar boven – dat Lajos een krachtbron in zich had, zoals kleine rivieren in de grote gebergten, die dwars door een berg heen stromen en doel- en spoorloos in de diepten van de grotten verdwijnen. Deze kracht werd door niemand gebruikt of gestuurd. Nu ik op de vooravond van zijn mysterieuze bezoek zijn brieven las, verbaasde ik me over de intensiteit waarmee deze doelloze kracht opborrelde. Hij sprak tot mij in elke brief met een kracht die niet alleen één mens maar groepen mensen, misschien wel hele massa's, in beweging had kunnen zetten. Hij had in die brieven niets bijzonder diepzinnigs te vertellen; ik vond zijn formuleringen ook niet van schrijftalent getuigen; zijn adjectieven waren slordig en zijn stijl was onverzorgd, maar de wijze waarop hij zich in elke regel uitdrukte, was zo onmiskenbaar de zijne dat het niemand anders kon zijn. Hij schreef steeds over de werkelijkheid, een verbeelde werkelijkheid die hij zojuist had leren kennen en mij dringend wilde vertellen.

Hij had het nooit over zijn gevoelens, zelfs niet over zijn plannen; hij beschreef de stad waar hij toevallig verbleef en de beschrijving had een bezielende kracht waardoor de lezer de kamer kon zien waar Lajos de brief zat te schrijven, en de stemmen van de mensen kon horen die de dag daarvoor iets grappigs of iets verstandigs tegen hem hadden gezegd. In de brief van Lajos leek alles wonderbaarlijk levensecht. Maar ook de minder sensitieve lezer kon voelen dat het allemaal niet waar was, of, om preciezer te zijn: ergens, in een bepaald aspect, niet op die manier waar was waarop Lajos het beschreven had, en dat de stad die de briefschrijver met de exactheid van een cartograaf had beschreven, klaarblijkelijk nergens anders dan op de maan bestond. In zijn brieven presenteerde hij deze leugenachtige waarheid met grote zorgvuldigheid. Op dezelfde wijze beschreef hij mensen en landschappen, serieus en met deskundige precisie.

Ik las de brieven en werd geroerd. Misschien... Misschien was hij te groot voor ons, dacht ik. Tegen middernacht woei er een warme, harde wind rond het huis; ik stond op en deed de ramen dicht. In dat nachtelijk uur bleef ik door een vrouwelijke zwakheid, die ik niet wil goedpraten, even voor de grote spiegel staan, die ooit boven mama's toilettafel hing, en keek eens goed naar mezelf. De afgelopen twintig jaar hadden door een merkwaardige, wrange gunst van het lot weinig sporen achtergelaten. Ik was nooit lelijk geweest, maar ik was ook niet het soort schoonheid dat mannen aantrekt; ik riep eerder respect en schuchtere verlangens bij hen op. Dankzij het werken in de tuin of door een speciale eigenschap van mijn lichaam was ik niet dik geworden: ik was lang, recht en goed geproportioneerd. Mijn haar was de laatste jaren wat grijs geworden, maar de grijze haren vermengden zich onopvallend met de lichte blondheid die altijd mijn kenmerkende haarkleur was geweest. Rond mijn ogen en mijn mond had de tijd al kleine, zeer fijne rimpeltjes getekend; mijn handen waren ook niet meer de oude; ze waren wat ruw geworden door het huishoudelijke werk. Maar toen ik op dat moment naar mezelf keek, zag ik een vrouw die op haar geliefde wacht. Dit ogenblik was natuurlijk lachwekkend; ik was de vijfenveertig gepasseerd, Lajos leefde allang met een ander, misschien was hij zelfs getrouwd. De laatste jaren had ik nooit meer iets van hem gehoord. Soms las ik zijn naam in de kranten, één keer in verband met een proces rond een politiek schandaal. Het had mij niet verbaasd als de naam van Lajos op een dag in positieve of negatieve zin in het nieuws was gekomen. Maar het rumoer van het schandaal verstomde snel. Eens las ik nog dat hij ergens geduelleerd had, op de binnenplaats van een kazerne; hij had in de lucht geschoten en was niet gewond geraakt. Dit alles paste zo wonderwel bij hem: het duel en het feit dat hij niet gewond was. Bij mijn weten is hij ook nooit ernstig ziek geweest. Het is niet zijn lot, dacht ik. En ik ging weer in bed liggen met mijn brieven, mijn herinneringen, met het wrange bewustzijn van mijn gemiste jeugd.

Het zou een leugen zijn als ik hier zou verklaren dat ik me bijzonder ongelukkig voelde op dat uur. Er waren jaren geweest, jawel: twintig, tweeëntwintig jaar geleden was ik ongelukkig. Maar daarna was het gevoel in me gestold, zoals het bloed in een wond stolt. De kracht die de opwellende pijn in me afbond, was onbekend voor me. Er zijn wonden die de tijd níét heelt. Ik wist dat mijn wond ook niet geheeld was. Maar een paar jaar na de 'scheiding' – het is zeer moeilijk om precieze woorden te vinden voor datgene wat er tussen Lajos en mij was gebeurd – was het ondraaglijke opeens vanzelfsprekender, eenvoudiger. Ik had niet meer voortdurend de behoefte om iemand te hulp te roepen; ik schreeuwde niet meer om politie, noch om een arts of een priester. Ik vond een manier om te leven. Op een dag waren er weer mensen om me heen verzameld, mensen die beweerden dat ze me nodig hadden. Daarna werd ik ten huwelijk gevraagd, tot twee keer toe; door Tibor, die slechts enkele jaren jonger is dan ik, en door Endre, die alleen Nunu 'oom Endre' noemt, terwijl hij niet ouder is dan Lajos. Dit pijnlijke incident heb ik wel weer glad kunnen strijken. De huwelijkskandidaten werden goede vrienden. Die nacht had ik ook het idee dat het leven – wonderlijk genoeg – meer clementie met me had gehad dan ik ooit had gehoopt.

IV

Na middernacht kwam Nunu mijn kamer binnen. Wij hebben nog steeds geen elektriciteit in het huis. Mama tolereerde deze uitvinding niet, en later, na haar dood, stelden we het uit zuinigheid steeds uit om die aan te leggen. Daarom zijn die nachtelijke bezoeken van Nunu altijd nogal theatraal. Nu bleef ze ook staan met het flikkerende licht in haar hand, met haar warrige bos grijze haar, in een nachtgewaad, als een spookverschijning. 'Lady Macbeth,' zei ik, en ik lachte. 'Kom dichterbij, ga hier bij me zitten.' Ik wist dat ze die nacht nog even langs zou komen.

Nunu is het familielid dat de rol van alle familieleden in het huis heeft overgenomen. Ze was dertig jaar eerder aangekomen, bij een van die volksverhuizingen binnen de familie die in alle familiemythologieën voorkomen: ze kwam uit de oertijd, uit het ingewikkelde stamverband van tantes en nichtjes; ze kwam enkele weken op bezoek. Ze bleef toen hier, want ze was hier nodig. Later bleef ze weer omdat iedereen die in de familierangorde voor haar stond gestorven was, en zo om de tien jaar werd Nunu bevorderd, zoals op een kantoor. Op een dag nam zij de plaats in van grootmoeder; ze nam haar intrek in de kamer op de bovenverdieping en nam de functie van de overledene over. Toen stierf mama, en later Vilma. Op een dag merkte Nunu dat zij niemand meer verving: zij, de nieuwkomer, het overblijfsel, was de echte familie geworden.

Deze succesvolle carrière was haar nooit naar het hoofd gestegen. Ze wilde nooit een moeder voor me zijn en speelde nooit de beschermvrouwe van de familie. Met de jaren werd ze steeds zwijgzamer; ze was nuchter, op een genadeloze, droge manier, alsof ze alle avonturen van het leven al geproefd had, en ze was zo onverschillig als een meubelstuk. Laci zei eens dat Nunu in de meubelwas zat, als een oude notenhouten kast. Ze droeg altijd dezelfde kleren, zomer en winter: een eenvoudige jurk van zwarte stof, geen zijde maar ook geen grove fries; ze maakte altijd een plechtige indruk, zowel op mij als op anderen. De laatste jaren sprak ze alleen nog de hoogstnoodzakelijke woorden. Over haar leven vertelde ze nooit iets. Ik wist dat ze bij al mijn zorgen en verdriet betrokken wilde worden, maar ze zei daar nooit iets over, en als ze zich uiteindelijk uitsprak, zette ze met een korte zin als het ware een punt achter de lange woordenstrijd, alsof we al maandenlang een heftige en geëmotioneerde discussie over dat onderwerp hadden gevoerd. Zo zei ze nu, terwijl ze op de rand van mijn bed kwam zitten: 'Heb je de ring na laten kijken?'

Ik ging rechtop in bed zitten en begon over mijn slapen te wrijven. Ik wist wat ze bedoelde, ik wist ook dat ze gelijk had. We hadden er nooit over gepraat, ik had de ring misschien niet eens aan haar laten zien, en toch wist ik dat ze wel weer gelijk zou krijgen, dat de ring vervalst was, zoals ik had vermoed. In zulke dingen was Nunu griezelig. Wanneer heeft ze van de ring gehoord, vroeg ik me af. Maar daarna schoof ik de vraag weg, want het was volkomen vanzelfsprekend dat Nunu alles wist wat bij het huis, de familie, mijn persoon en mijn leven hoorde, alles wat in de kelder, op zolder of in het leven van mijn overleden zuster verborgen lag; dus wist ze ook van de ring. Het verhaal van de ring was ik bijna vergeten, want het was onaangenaam om eraan te denken. Toen Vilma was overleden, gaf Lajos het sieraad aan mij: de ring van grootmoeder. De in platina gevatte middelgrote diamant was de enige kostbaarheid van de familie. Ik begrijp ook niet hoe hij in ons bezit had kunnen blijven. Zelfs vader had respect voor de ring, met een bijgelovige voorzichtigheid, vader, die lichtvaardig afstand deed van bezit en kostbaarheden. Zoals beroemde diamanten in het bezit van koninklijke families, de Koh-i-noors en soortgelijke geregistreerde diamanten, waarvan niemand zich afvraagt wat de praktische waarde is en waarvan de verkoop ondenkbaar is, die enkel dienen om op officiële feestdagen van de dynastie aan de vinger of op het voorhoofd van een van de deftige leden van de familie te schitteren, zo werd 'de ring' vier generaties lang bewaard. De werkelijke waarde van de steen heb ik nooit gekend. Die moet aanzienlijk zijn geweest, al was hij misschien niet zo kostbaar als de familielegende wilde doen geloven. Mama had hem van grootmoeder geërfd, na de dood van moeder kreeg Vilma hem. Toen Vilma was overleden, gaf Lajos hem in een van zijn ontroerde en pathetische ogenblikken aan mij; hij drong hem aan me op.

Ik herinner me het tafereel goed. Vilma werd in de namiddag begraven. Toen we terug waren van het kerkhof, ging ik uitgeput op een divan liggen in de donkere kamer. Lajos kwam binnen, helemaal in het zwart – hij besteedde altijd veel zorg aan zijn rouwkledij, hij kleedde zich aan zoals een militair voor de parade; ik herinner me nog dat hij voor de gelegenheid speciaal zwarte manchetknopen had laten maken – en overhandigde mij met enkele ernstige woorden de ring. Ik was zo moe en verward dat ik zijn woorden niet precies begreep; verstrooid zag ik hem de ring op het tafeltje leggen dat naast de divan stond en bood geen weerstand toen hij mij later weer op de ring attendeerde en hem aan mijn vinger schoof. 'De ring komt jou toe,' zei hij met plechtige ernst. Later kwam ik tot bezinning. De ring is natuurlijk van Éva; de ring behoort de dochter van mijn overleden zuster toe, dat spreekt voor zich. Maar Lajos verzette zich met ongewone scherpte tegen deze opvatting. Zo'n ring was volgens hem geen voorwerp van waarde maar een symbool, het teken van de rangorde binnen de familie. Na de dood van moeder en Vilma komt hij dus mij toe, de oudste dochter. Ik kon het niet opbrengen om met hem in discussie te gaan.

Ik zweeg en borg de ring op. Ik wilde dit kostbare voorwerp natuurlijk geen seconde houden. Mijn geweten en de brief die ik schreef voor het geval dat ik zou komen te overlijden – deze bewaar in de kast in mijn slaapkamer – getuigen dat ik de ring voor Éva bewaarde en dat ik ervoor had gezorgd dat zij hem na mijn dood zou krijgen. Later besloot ik dat ik hem zou opsturen aan Vilma's dochter voor haar verloving of bruiloft, als ze ooit ging trouwen. De brief die over mijn bescheiden bezittingen beschikt, wijst ondubbelzinnig de kinderen van de overleden Vilma als erfgenamen aan, met de voorwaarde dat zij het huis en de tuin niet verkopen zolang Nunu leeft. (Op de een of andere manier stel ik me voor dat Nunu nog heel lang blijft leven. Waarom ook niet? Ze heeft geen enkele reden om te sterven, evenmin als om te leven. Mij zal ze in ieder geval overleven. Dit geeft me een avontuurlijk en tegelijk geruststellend gevoel.) Ik borg de ring op omdat ik niet met Lajos in discussie wilde gaan en omdat ik het gevoel had dat dit voorwerp met een bescheiden waarde, waarmee in onze omstandigheden misschien iemand ooit geholpen zou zijn – ik denk dat met opbrengst ervan de uitzet van een jong meisje betaald zou kunnen worden –, bij mij op een betere plaats was dan in de chaos die rond Lajos met een natuurlijke overvloed opbloeide als onkruid in een gunstig klimaat. Hij zou hem verkopen of met kaarten verspelen, dacht ik. En ik raakte een beetje ontroerd dat hij hem aan mij had gegeven. In dat uur – mijn God, geef me kracht om eerlijk te zijn –, ja, in het uur waarin we de kist van mijn zuster in de grond hadden laten zakken, had ik inderdaad de hoop dat het leven van Lajos, de kinderen, misschien zelfs van mijzelf, weer in orde zou kunnen komen. De ring deed er niet veel meer toe, het ging om het geheel... Met die gedachten had ik de ring opgeborgen en met dezelfde gedachten nam ik hem later, toen we uit elkaar gingen, weer mee, en verborg hem bij mijn testament en de voorwerpen waaraan bijzondere herinneringen kleefden.

In de tussenliggende jaren, waarin ik Lajos niet zag, keek ik niet één keer naar de ring; met de zekerheid van een slaapwandelaar wist ik dat de ring vals was.

'Weten' – wat een woord! Ik nam de ring nooit in mijn hand. Ik was er bang voor. Ik was bang voor die wetenschap, die ik nooit onder woorden had gebracht. Het kon me niet ontgaan zijn dat alles wat Lajos aanraakte zijn oorspronkelijke gesteldheid verloor, in stukken uiteenviel, transformeerde als de edele metalen in de retorten van de oude tovenaars... Ik wist dat Lajos ook mensen kon vervalsen, niet alleen eenvoudige stenen en metalen. Ik wist dat een ring zijn edele onschuld niet kon bewaren in de handen van Lajos; Vilma was lange tijd ziek geweest, ze kon zich niet met de zaken in het huis bemoeien, Lajos ging er zonder toezicht zijn gang, hij kreeg de ring in handen... Op dat ogenblik, toen Nunu het uitsprak, wist ik dat het waar was. Lajos had me bedrogen met de ring, zoals met al het andere. Ik ging rechtop zitten in bed, ik moet er bleek uitgezien hebben.

'Heb jij hem na laten kijken?'

'Ja,' zei Nunu rustig. 'Een keer toen je niet thuis was en de sleutels aan mij had gegeven. Ik nam hem mee naar de juwelier. Hij had zelfs het platina vervangen. Hij had de zetting verwisseld voor een witachtig metaal, dat minder kostbaar is dan platina. Witgoud, zeiden ze. Ook de steen heeft hij laten vervangen. De ring die jij jarenlang hebt bewaard is geen stuiver waard.'

'Niet waar,' zei ik.

Nunu haalde haar schouders op.

'Ach, Eszter toch,' zei ze streng en afkeurend.

Ik keek zwijgend naar de vlam van de kaars. Natuurlijk, als Nunu het zegt, is het waar. En waarom ontken ik voor mezelf dat ik zoiets altijd al vermoed had, dat ik vanaf het ogenblik dat Lajos me de ring overhandigde altijd al gedacht had dat hij vals was? Alles wordt vals wat hij aanraakt. Zijn adem is als de pest, dacht ik, en ik maakte onwillekeurig een vuist. Niet vanwege de ring... Wat maakte in mijn leven zo'n ring – of een heleboel ringen – nog uit? Alles is vals wat hij aangeraakt heeft, dacht ik. En daarna dacht ik nog iets, en ik sprak de gedachte uit: 'Kan het zijn dat hij hem uit berekening heeft gegeven? Misschien was hij bang dat iemand ooit de ring zou gaan zoeken, de kinderen of iemand anders... En omdat hij al vervalst was, gaf hij de kopie aan mij, zodat ze hem bij mij zouden zoeken? En als hij vals bleek te zijn, mij de schuld zouden geven?'

Ik dacht hardop na, zoals ik altijd deed in gezelschap van Nunu. Als er iemand is die Lajos kent, dan is dat wel de oude Nunu; zij kent hem door en door, ze kent zijn gedachten, ook degene die hij niet openlijk durft te denken. Nunu is altijd rechtvaardig.

Ze zei zacht en droog: 'Ik weet het niet. Het kan zijn. Maar dat zou erg laag zijn. Zo berekenend is Lajos niet. Lajos heeft nooit misdaden gepleegd. Van jou hield hij ook. Ik denk niet dat hij jou in iets smerigs wilde betrekken met de ring. Hij had hem gewoon verkocht omdat hij het geld nodig had, en had later de moed niet om het te bekennen. Daarom liet hij een kopie maken. En die waardeloze ring gaf hij aan jou. Waarom? Uit berekening? Uit laaghartigheid? Misschien wilde hij alleen maar gul zijn. Het moment was zo grandioos: jullie komen thuis van de begrafenis van Vilma en zijn eerste gebaar is dat hij jou de enige kostbaarheid van de familie overhandigt. Toen jij me die mooie scène vertelde, vond ik het meteen verdacht. Daarom heb ik de ring later na laten kijken. Hij is vals...Vals,' zei ze dof, werktuiglijk.

Ik vroeg: 'Waarom vertel je dat nu pas?'

Nunu streek de grijze lokken van haar voorhoofd.

'Het is niet nodig alles meteen te vertellen,' zei ze, bijna vriendelijk. 'Je hebt al genoeg te verduren gehad van Lajos.'

Ik stapte uit bed, liep naar de kast en zocht de ring in de geheime lade. Nunu hielp zoeken bij het flakkerende kaarslicht. Ik hield de steen bij de vlam en bekeek hem grondig. Ik heb geen verstand van stenen.

'Probeer eens een kras te maken in het glas van de spiegel,' zei Nunu.

Maar de steen maakte geen kras in het glas. Ik schoof de ring aan mijn vinger en keek ernaar. De steen had een koude, lege glans. Hij was een perfecte kopie, door een meesterhand gemaakt.

We zaten nog een tijdje op de rand van het bed naar de ring te staren. Toen gaf Nunu mij een kus, ze zuchtte en vertrok zonder iets te zeggen. Ik bleef nog lange tijd zo zitten en keek naar de valse steen. Ik dacht: Lajos is nog niet gearriveerd en hij heeft mij al iets afgepakt. Kennelijk kan hij niet anders. Dit is de wet, zíjn wet. Een verschrikkelijke wet, dacht ik, en ik begon te huiveren. Zo viel ik in slaap, met kippenvel, met de valse ring aan mijn vinger, verdoofd als iemand die lang binnenskamers heeft vertoefd en plotseling duizelig wordt van de toestromende wrede, sterke lucht, de windstoot van de werkelijkheid.

V

De dag waarop Lajos bij ons terugkwam was een zondag aan het einde van september. Het was een schitterende lauwwarme dag met de kleur van glas; er dreven herfstdraden tussen de bomen; de lucht glansde helder en omgaf als zuiver, dun vernis de voorwerpen met een edele laag, alsof alles, de verschijnselen aan de horizon en de hemel, met een aquarelpenseel waren overgeschilderd. Vroeg in de ochtend ging ik naar de tuin en plukte dahlia's voor drie vazen. Onze tuin is niet al te groot, maar omgeeft het hele huis. Misschien was het nog voor achten. Ik stond in de grote stilte in de bedauwde tuin en hoorde iemand praten op de veranda. Ik herkende de stem van mijn broer en die van Tibor. Ze praatten zachtjes, en in de stilte van de ochtend bereikte elk woord mij met een zuivere klank, alsof het door een onzichtbare luidspreker werd versterkt.

Eerst wilde ik iets zeggen, aangeven dat ik hen hoorde, dat ze niet alleen waren. Maar de eerste, met gedempte stem gesproken zin die ik hoorde, dwong mij al tot zwijgen.

Laci, mijn broer, vroeg: 'Waarom ben jij niet met Eszter getrouwd?'

'Omdat ze niet wilde,' klonk het antwoord.

Ik herkende de stem van Tibor en mijn hart ging sneller kloppen. Ja, dat was hij, Tibor – die zachte, rustige stem, die zachtaardige, ietwat treurige waarachtigheid die in al zijn woorden klonk, het geduld en de nuchterheid. Waarom vraagt Laci zoiets, dacht ik verontwaardigd, opgewonden. De vragen van mijn broer klinken vaak alsof hij je ter verantwoording roept, ze hebben iets ondraaglijk vertrouwelijks en aanvallends. Laci verdraagt geen geheimen om zich heen. Maar de mensen bewaren hun geheimen. Een ander had misschien een ontwijkend antwoord gegeven op deze vraag of geprotesteerd tegen zoveel vrijpostigheid. Tibor antwoordde zacht, zo terzake en oprecht alsof iemand naar de vertrektijden van de trein had geïnformeerd.

'Waarom wilde ze niet?' hoorde ik de agressieve stem van mijn broer.

'Omdat ze van een ander houdt.'

'Van wie?' De vraag klonk dof en wreed.

'Van Lajos.'

Nu zwegen ze. Ik hoorde het geluid van een lucifer die werd aangestreken, iemand stak een sigaret op. In de diepe stilte hoorde ik Tibor de vlam van de lucifer uitblazen. De vraag die ik verwachtte kwam met de punctualiteit van de donder na de bliksem. Het was weer Laci die een vraag stelde. 'Weet jij dat hij vandaag hiernaartoe komt?'

'Ja.'

'Wat komt hij hier doen?'

'Weet ik niet.'

'Krijg jij ook nog geld van hem?'

'Laten we het er niet over hebben,' klonk een gelaten stem. 'Het is lang geleden. Het doet er niet meer toe.'

'Ik namelijk wel,' zei Laci met kinderlijke trots, alsof hij er prat op ging. 'Hij heeft ook vaders gouden horloge geleend. Hij vroeg of hij het een week mocht hebben. Dat is tien jaar geleden. Nee, wacht even, twaalf jaar. Hij heeft het nooit teruggegeven. Eén keer heeft hij al mijn encyclopedieën geleend. Ik heb ze nooit meer teruggezien. Hij heeft me ook eens om driehonderd kronen gevraagd. Maar die heb ik hem niet gegeven,' zei de stem met kinderlijke voldoening.

En de andere stem, de diepste en rustigste van de twee, antwoordde bedaard en bescheiden: 'Het was ook geen ramp geweest als je die hem wel gegeven had.'

'Denk je?' vroeg Laci beschaamd. Ik stond tussen de bloembedden en zag het schaamrood op zijn verlegen grijnzende oude kindergezicht voor me. 'Wat denk je, zou hij nog van Eszter houden?'

Het antwoord op deze vraag liet lange tijd op zich wachten. Nu had ik wel iets willen zeggen, maar ik was te laat. In die lachwekkende situatie – alleen en oud geworden stond ik, als in een oubollig gedicht, tussen de bloemen van mijn tuin te wachten op het bezoek van de man die mij bedrogen en berooid achtergelaten had, bij het huis waar het allemaal gebeurd was, waar mijn hele leven zich had afgespeeld, waar ik de brieven van Vilma en Lajos in de kast bewaarde, evenals de ring waarvan ik sinds afgelopen nacht met zekerheid wist dat hij vals was –, terwijl ik in deze theatrale situatie een gesprek stond af te luisteren, merkte ik dat het antwoord op deze vraag, de enige vraag die mij nog kon interesseren, op zich liet wachten. Tibor, de gewetensvolle rechter, woog zijn woorden.

'Ik weet het niet,' zei hij na een tijdje. 'Ik weet het niet,' herhaalde hij zachter, alsof hij met iemand redetwistte. 'Hopeloze liefdes gaan niet over,' zei hij ten slotte.

Ze gingen zachter praten en liepen het huis binnen. Ik hoorde nog dat ze mij zochten. Ik legde de bloemen op het stenen bankje, liep naar de waterput achter in de tuin en ging op het bankje zitten waar Lajos mij tweeëntwintig jaar geleden ten huwelijk had gevraagd. Ik kruiste mijn armen over mijn hart, ik trok de gehaakte omslagdoek strakker samen op mijn borst, want ik had het koud. Ik keek naar de weg en begreep de vraag van Laci ineens niet meer.

VI

Toen Lajos vele jaren geleden voor het eerst bij ons kwam, was Laci de eerste die hem met enthousiaste uitingen van sympathie binnenhaalde. Toen golden ze beiden nog als grote beloften in de familie. Niemand kon precies zeggen wat zij 'beloofden', Laci en Lajos, maar als iemand hen hoorde praten, beloofden ze ongetwijfeld heel wat. De overeenkomsten in hun karakter, het totale gebrek aan realiteitszin, de neiging tot buitensporig fantaseren en onopzettelijke leugens vertellen dreven hen met een onweerstaanbare kracht naar elkaar toe, als verliefden. Laci introduceerde Lajos trots in onze familie. Ook uiterlijk leken ze op elkaar: beiden hadden die romantische, negentiende-eeuwse, sierlijke charme in hun gezicht die ik altijd mooi had gevonden in Laci en die ik in Lajos met genegenheid terugzag. Een tijdlang kleedden ze zich eender en de stad weergalmde van hun luidruchtige, ernstloze avonturen. Maar iedereen vergaf hen, want ze waren jong en charmant, en ten slotte deden ze nooit echt iets verwerpelijks. Ze leken griezelig op elkaar, lichamelijk en geestelijk.

Deze vriendschap, die zich al in hun studententijd met een verontrustende intimiteit manifesteerde, hield niet op toen Lajos belangstelling voor mij kreeg, maar veranderde van vorm. Het was overduidelijk dat Laci bespottelijk jaloers was op Lajos; hij had alles gedaan om zijn vriend aan de familie te binden, maar kon het tegelijkertijd niet aanzien dat Lajos mij het hof maakte: als het even kon verstoorde hij ons schuchter samenzijn en dreef de spot met de timide uitingen van onze opbloeiende genegenheid. Laci was jaloers, maar vreemd genoeg – of misschien was het ook niet zo vreemd – was deze jaloezie alleen op mij gericht: toen Lajos met Vilma trouwde, leek hij wel blij en stelde hij zich uiterst liefdevol en behulpzaam op. Iedereen in de familie wist dat ik Laci's lieveling was, zijn oogappel. Later dacht ik zelfs dat Laci met zijn sympathie en antipathie misschien wel bijgedragen heeft aan de ontrouw van Lajos. Maar deze veronderstelling heb ik nooit kunnen bewijzen, ook niet voor mezelf.

Die twee mensen, die zo op elkaar leken, die twee eendere karakters, zochten elkaars gezelschap om het hardst. Een tijdlang, toen Lajos zijn erfenis had gekregen, woonden ze zelfs samen in de hoofdstad, in een luxe vrijgezellenwoning, die ik nooit heb gezien, maar in de beschrijving van Lajos speelden zich in die woning de belangrijkste geestelijke en sociale ontmoetingen van die tijd af. Ik heb alle reden om te twijfelen aan het belang van dit gezelschapsleven. In ieder geval woonden ze samen; ze hadden geld – Lajos was in die tijd bijna rijk, en Laci kon wel kinderlijk verontwaardigd doen over het gouden horloge en de geleende honderdjes, maar Lajos spendeerde in die tijd van de vergankelijke welvaart veel geld aan iedereen, ook aan zijn kameraad; ze kozen enkele bereidwillige dandy's uit gegoede kringen van het fin de siècle uit, die in een toestand van gelukzalig nietsdoen leefden, en met hen leidden ze een avontuurlijk leven, voor zover ik het achteraf kon beoordelen. Niet dat ze slemppartijen hielden. Lajos hield bijvoorbeeld niet van wijn en Laci maakte het niet graag laat. Ze leefden eerder in een kostbaar, ingewikkeld nietsdoen op hoog niveau, die door niet-ingewijde toeschouwers van buiten gemakkelijk verward kon worden met een geconcentreerde, doelgerichte activiteit, een verzorgde levenswijze of misschien wel een nieuwe 'levensstijl' – dit was het lievelingswoord van Lajos – die verwezenlijkt zou worden door een daarvoor opgericht bondgenootschap van twee getalenteerde jonge mannen. In werkelijkheid vertelden ze leugens en leefden ze in een droomwereld. Maar daar kwam ik pas later achter.

Met de nieuwe vriend Lajos deed een romantische onrust zijn intrede in ons huis. Hij sloeg onze dorpse pleziertjes, onze levenswijze met een welwillende, hoofdschuddende mildheid gade. Wij voelden zijn superioriteit en deden bedremmeld ons best om onze tekortkomingen aan te vullen. We sloegen ineens aan het lezen, met name auteurs op wier belang de aandacht van de familieleden werd gevestigd door Lajos – lezen met een inzet en beschaamdheid alsof we ons op het beslissende examen van het leven aan het voorbereiden waren. Later kwamen we erachter dat Lajos niet of slechts oppervlakkig de werken van die auteurs en denkers gelezen had die hij ons zo nadrukkelijk aanbeval, wanneer hij ons met welwillende strengheid hoofdschuddend een standje gaf. Zijn betovering werkte zo snel als een boze toverkracht op de kermis. Moeder, het arme mens, was de eerste die bedwelmd raakte door deze roes. We waren constant aan het lezen, want we waren onder de invloed van Lajos en wilden hem plezieren; we gingen ons 'kleden', anders dan voorheen, en gingen 'een gezelschapsleven leiden', maar ook op een andere manier dan daarvoor. Ook kochten we nieuw meubilair. Dit kostte allemaal veel geld, en we waren niet rijk. Moeder keek voortdurend uit naar de komst van Lajos; ze bereidde zich voor op zijn bezoeken als op een examen: ze was aan het blokken op de werken van moderne Duitse filosofen omdat Lajos een keer neerbuigend had geïnformeerd of we de werken van een zekere B. uit Heidelberg kenden. Natuurlijk kenden we die niet. Onmiddellijk begonnen wij de hoogdravende, nogal vage beschouwingen over leven en dood te lezen. Ook vader liet zich van zijn beste kant zien in die tijd. Hij dronk minder en nam zich in acht, met name als we gasten hadden, en hij verborg zich met zijn opgelapte, treurige leven voor de speurende ogen van Lajos. De gasten, mijn broer en Lajos, kwamen elk weekend bij ons op bezoek.

Op die dagen vulde het huis zich met lawaaierig volk. De oude conversatiekamer werd plotseling iets van een 'salon', waar Lajos de meest interessante mensen van de stad ontving. Dat waren mensen die wij tot die tijd eerder dubieus hadden gevonden dan interessant; ja, het waren mensen die wij niet in ons huis ontvingen. Nu kregen ze plotseling vrij entree. Mijn vader drentelde in zijn versleten redingote schuchter rond tussen zijn weekendgasten, met een oubollige hoffelijkheid, en durfde op die dagen zelfs geen pijp op te steken. En Lajos ontving, hield audiëntie, gaf zijn berisping of goedkeuring met één blik, hij liet je ten hemel varen als beloning of stortte je in de hel. Drie jaar lang ging dat zo door.

Mijn broer en zijn bijzondere vriend waren geen ordinaire types, geen woeste lomperiken. Aan het eind van het eerste jaar viel het zelfs vreemden op dat Laci even afhankelijk van Lajos was geworden als mijn moeder en Vilma, en later ook ikzelf. Nu zou ik kunnen zeggen dat ik degene was die tegenover deze boze zinsbegoocheling het langst nuchter weerstand bood, maar waarom zou ik mezelf troosten met deze armzalige triomf? Ja, ik had Lajos vanaf het allereerste ogenblik door, maar evengoed stelde ik me blind en gretig aan hem ten dienste. Hij was zo ernstig en zo teder. We merkten algauw dat hij zijn studie afbrak, samen met Laci. Hij zei – ik kan me zijn woorden nog herinneren, hij stond een keer in de avondschemer bij het raam, met een haarlok over zijn voorhoofd, en zijn woorden klonken berustend, alsof hij een groot offer ging brengen: 'Ik moet de vruchtbare, eenzame stilte van de werkkamer verruilen voor de gevaarlijke en lawaaierige kansen van het menselijke strijdperk.' Hij sprak altijd op een toon alsof hij uit een boek voorlas. Deze uitspraak choqueerde me en maakte me overstuur. Ik had het gevoel dat Lajos zijn carrière opgaf voor een of ander groots doel, dat nogal vaag bleef, en met praktische middelen in plaats van het wapen van de kennis verder ging strijden voor iemand, waarschijnlijk de mensheid. Ik vond dit offer verontrustend, want in onze familie werd het meer op prijs gesteld dat jongens hun school afmaakten voordat ze zich in 'het menselijke strijdperk' begaven. Maar ik geloofde Lajos, die zei dat zijn weg een andere was en dat zijn middelen verschillend waren. Uiteraard volgde Laci hem onmiddellijk hierin. Ze stopten in het derde jaar met hun studie. Ik was toen nog een heel klein meisje. Laci keerde later terug naar 'de wereld van de geest': met het laatste krediet van onze familie opende hij een boekhandel in de stad, en na de aanvankelijk enthousiaste plannenmakerij verdiende hij een schamel inkomen uit de verkoop van schoolboeken en schrijfmaterialen. Lajos keurde deze stap ten strengste af. Maar toen ons idool werd meegesleept door de politiek, liet hij niet meer van zich horen.

De politieke visie van Lajos is me nooit goed duidelijk geworden. Tibor, die ik vaak naar deze opvattingen heb gevraagd, haalde dan steeds zijn schouders op en zei dat Lajos in het geheel geen politieke overtuiging had; hij was gewoon een klaploper die het avontuur daar zocht waar mensen de macht verdeelden. Die beschuldiging kon nog waar zijn ook, maar was toch niet helemaal waar. Lajos was inderdaad bereid offers te brengen voor de mensheid, vermoedde ik, of voor het ideaalbeeld van de mensheid – want hij hield altijd meer van idealen dan van de werkelijkheid, waarschijnlijk omdat idealen minder gevaarlijk zijn en meer compromissen verdragen. Als hij 'het avontuur zocht' in de politiek, was hij zelfs bereid om zijn leven in de waagschaal te stellen, niet zozeer om de te behalen winst, maar eerder om de spanning van het avontuur, dat hij met alle pathetiek van dien beleefde en waarvan hij ook het leed aanvaardde. Ik had Lajos leren kennen als iemand die met leugens begint maar zelf daardoor meegesleept in huilen uitbarst en met tranen in zijn ogen verder liegt, totdat hij uiteindelijk tot ieders grote verrassing de waarheid staat te vertellen, net zo overtuigend als hij eerst stond te liegen. Het feit dat hij daartoe in staat was, had hem er geenszins van weerhouden om in de afgelopen tien jaar als protagonist op te treden van extreme partijen met tegenstrijdige overtuigingen; na korte tijd werd hem overal de deur gewezen. Laci was hem gelukkig niet gevolgd op deze weg. Hij bleef in 'de wereld van de geest', de ietwat muffe sfeer van tekenmaterialen en tweedehands schoolboeken met ezelsoren. Maar Lajos raakte de weg kwijt tussen de gevaren; deze 'gevaren' kon niemand met name noemen, maar we dachten uit de verte altijd aan hem alsof hij woonde in een streek met eeuwig zwaar weer en donderslagen, vlak bij het weerlicht.

Toen Vilma gestorven was en wij uit elkaar gingen, verdween Lajos uit het gezichtsveld van de familie. Toen kwam ik terug in dit armoedige huis, mijn laatste toevluchtsoord. Niets wachtte mij hier behalve een slaapplaats en droog brood. Maar wie uit de storm komt, is blij als hij een dak boven zijn hoofd weet.

VII

Dit dak – zo leek het tenminste in het begin – was nogal bouwvallig. Toen vader overleed, werd de erfenis aan een grondig onderzoek onderworpen door Tibor en Endre, de vrienden van de familie. Endre was daar als notaris zelfs ambtshalve toe verplicht. Onze financiële situatie leek aanvankelijk hopeloos. Het kleine beetje dat overgebleven was na de laatste schokken – vaders verongelijkte, slordige, lusteloze beheer, mama's ziekte, het huwelijk en de dood van Vilma en de start van Laci's bedrijf – werd via onzichtbare haarvaten bij de familie weggezogen door Lajos. Toen er niet meer aan vers geld te komen was, nam hij voorwerpen mee uit het oude huis – 'als herinnering', naar hij zei, met de nieuwsgierigheid en verzamelwoede van een kind. Later nam ik hem wel eens in bescherming tegenover Endre en Tibor. 'Hij speelt,' zei ik als ze hem verwijten maakten. 'Hij heeft iets kinderlijks in zijn karakter. Hij speelt graag.' Maar Endre viel dan scherp uit. 'Kinderen spelen met bootjes of gekleurde knikkers,' zei hij snibbig, 'maar Lajos is een eeuwig kind dat liever met wissels speelt.' Hij zei het niet, maar liet wel merken dat hij de wissels van Lajos niet zuiver en alleen als onschuldig speelgoed beschouwde. Inderdaad doken na de dood van vader wissels op die hij voor Lajos getekend zou hebben, maar ik twijfelde nooit aan de echtheid van deze handtekeningen. Daarna dacht niemand er meer aan te midden van de algehele ineenstorting.

Toen ik merkte dat ik niemand meer had op de wereld – behalve Nunu, met wie ik in een speciaal verbond leefde, zoals mistel aan een boom, maar niemand wist wie de boom was en wie de parasiet –, probeerden Tibor en Endre van de algehele teloorgang iets voor mij te redden. Het was in die tijd dat Tibor met me wilde trouwen. Ik protesteerde toen stamelend, maar ik kon de echte reden van mijn verzet niet vertellen. Ik kon niet zeggen dat ik heimelijk nog steeds wachtte op Lajos, op een bericht of een boodschap, misschien wel op een wonder. Alles rond Lajos was zo vol wonderen: het leek mij in het geheel niet onmogelijk dat hij op een dag zou verschijnen, misschien als een acteur, als Lohengrin, en een bombastische aria ten beste zou geven. Maar na onze scheiding was hij zo miraculeus verdwenen alsof hij een tovermuts had opgezet. Jarenlang hoorde ik niets van hem.

Er bleef niets anders over dan het huis en de tuin. Het huis was belast met een kleine schuld. Ik had altijd in de veronderstelling verkeerd dat ik een taai en koppig type was met een praktische instelling. Op het moment dat ik alleen achterbleef, moest ik vaststellen dat ik voorheen ergens in de wolken had geleefd – wolken die geladen waren met gevaarlijke bliksemschichten –, en nauwelijks betrouwbare, waarheidsgetrouwe informatie had over de aardse werkelijkheid. Nunu zei dat het huis en de tuin voldoende waren voor ons tweeën. Ik begrijp nog steeds niet hoe dat kon. De tuin is wel groot en staat vol met fruitbomen; bovendien werden de schitterende en romantische bloembedden, de met rood strooisel bedekte kronkelpaden en de sprookjesachtige waterval met de bemoste rotsen door Nunu uitgebannen; ze gebruikte elk stukje grond en ging te werk met de gretige en vindingrijke precisie waarmee in rotsige zuidelijke streken land en tuin in ere gehouden worden, waar elke vierkante meter klei met stenen wordt omrand tegen stormen en vreemde indringers. De tuin was alles wat we nog hadden. Endre en Tibor bleven een tijdlang suggereren dat we een paar kamers van het huis moesten verhuren en kostgangers moesten nemen. Het plan mislukte met name door het verzet van Nunu. Ze zei niet waarom, ze gaf geen verklaring, maar in haar woorden, en nog meer in haar zwijgen, was te voelen dat ze niet bereid was vreemden in huis op te nemen. Nunu regelde dingen anders, vond andere oplossingen dan men van haar verwachtte. Twee eenzame, hulpeloze vrouwen kunnen volgens de algemene opinie een naaiatelier of een eethuisje openen, priegelen met handwerken, maar zoiets kwam bij Nunu niet op. Pas na enige tijd stond ze me toe pianolessen te geven aan kinderen van een aantal families uit onze kennissenkring.

We vonden een manier om te leven. Nu weet ik inmiddels dat het huis en de tuin voor ons levensonderhoud zorgden – alles wat mijn vader, de arme avonturier, had nagelaten. Dat was alles wat er nog over was, wat was blijven staan. Het huis gaf ons een dak boven het hoofd en was ook in deze leeggeroofde toestand, met de oude meubels, een thuis. De tuin gaf ons te eten, niet meer maar ook niet minder dan wat wij schipbreukelingen nodig hadden. Het leek of de tuin groter was geworden om ons heen, omdat we alles aan de tuin gaven, ons werk en onze hoop; de tuin leek soms wel een landgoed waar iemand, die er zijn bestaan verankert, zorgeloos kan leven. Op een dag besloot Nunu om het achterste gedeelte van de tuin, een halve hectare zandgrond, vol te planten met amandelbomen. Die amandelbomen stonden over ons leven heen gebogen als een geheimzinnige hand die de hongerenden manna toewerpt. De bomen brachten elk jaar vruchten, die Nunu met veel geheimzinnigheid en plechtigheid verkocht. Van de opbrengst konden we ons in leven houden, soms ook wat schulden afbetalen; af en toe konden we zelfs Laci iets toeschuiven. Lange tijd kon ik dat niet begrijpen, en Nunu glimlachte maar en zei niets. Soms bleef ik staan voor ons amandelbos en keek er met ongelovige verwondering naar. Het was alsof er een wonder was gebeurd in het zand, in het leven. Ik had het gevoel dat er over ons gewaakt werd.

Het amandelbos was een idee van vader; maar vader was toen al te vermoeid om zijn ideeën te verwezenlijken. Hij had tien jaar eerder eens tegen Nunu gezegd dat het achterste gedeelte van de tuin met de zandgrond voor amandelbomen gebruikt kon worden. Vader liet de kansen van het leven liggen; in de ogen van vreemden was hij degene die ervoor gezorgd had dat het bescheiden vermogen van de familie stukje bij beetje verloren ging. Toch merkten we na zijn dood dat hij op zijn eigen zwijgzame, verbitterde manier alles ordelijk had achtergelaten wat hij nog achter te laten had: het huis was niet door hem met schulden belast maar door mama, op verzoek van Lajos; ook de tuin was door hem voor ons behouden; hij was degene die zich tot het laatst had verzet tegen een verhuizing. Toen ik met Nunu alleen bleef, hadden we niets anders te doen dan onze plaats in te nemen in de tuinen die vader voor ons had aangelegd. We knapten het huis op, dankzij Endre, die een goedkope lening had geregeld met de nalatenschap als onderpand. Dit alles gebeurde niet planmatig, de dingen namen hun loop zonder een doelbewuste opzet. Op een dag merkten we dat we een dak boven ons hoofd hadden en dat ik af en toe stof kon kopen voor een jurk, terwijl we via Laci de boeken konden lenen die we nodig hadden. De eenzaamheid, waarin we ons na de ineenstorting zo angstvallig teruggetrokken hadden als een gewond dier in zijn hol, loste op om ons heen. We hadden zelfs al vrienden: op zondagavonden was het huis vol met stemmen van luid pratende mannen. De mensen hadden ons, Nunu en mij, een plaats gegeven in de wereld; ze hadden ons een hokje in het bouwsel van hun bewustzijn toebedeeld, waar we ongestoord ons bescheiden leventje konden leiden. Niets was zo hopeloos en ondraaglijk in het leven als ik had gedacht. Ons leven vulde zich met nieuwe activiteiten. We hadden vrienden, ja, we hadden zelfs al vijanden, zoals de moeder van Tibor en de vrouw van Endre, die hun zoon respectievelijk echtgenoot uit een ongegronde en lachwekkende jaloezie bij ons weg wilden houden. Soms leek dit leven in het huis en de tuin bijna op een echt leven, met een doel, een taak, een inhoud. Maar in werkelijkheid had het geen enkele zin. Het kon zo nog wel tientallen jaren doorgaan, maar ik had ook niet geprotesteerd als mij gezegd was dat ik er van de ene dag op de andere mee moest ophouden. Het was een gemakkelijk leven zonder gevaren. Lajos hing Nietzsche aan, die tot een gevaarlijk leven opriep. Zelf was hij bang voor gevaar: als hij in een avontuur stapte – of het een politiek of een amoureus avontuur was – had hij een grote mond, maar was hij heimelijk bewapend met van tevoren opgestelde leugens ter verdediging en warm ondergoed, en in zijn zak had hij cosmetische middelen en zorgvuldig bewaarde brieven van zijn tegenstanders met belastende inhoud. Maar míjn leven was een tijdlang werkelijk gevaarlijk geweest in de buurt van Lajos. Nu dit gevaar geweken was, besefte ik dat er niets voor in de plaats gekomen was: ik besefte dat dit gevaar de enige echte zin van mijn leven was geweest.

VIII

Ik ging het huis binnen, schikte de dahlia's in vazen en ging bij mijn gasten op de veranda zitten. Laci glipt er elke zondagochtend tussenuit om bij ons in het ouderlijk huis te ontbijten. Dan dekken we apart voor hem op de veranda, of bij slecht weer in de vroegere kinderkamer, die nu als conversatiekamer wordt gebruikt. We dekken voor hem met de oude kopjes en het Engelse tafelzilver en hij schenkt de room in zijn koffie uit het zilveren kannetje dat hij tweeënvijftig jaar eerder op zijn doopfeest had gekregen van een familielid met de beste bedoelingen maar een beperkte smaak. Op het glas staat de naam van mijn broer gegraveerd. Ze zaten op de veranda, Tibor zat een sigaar te roken en onrustig naar de tuin te kijken. Laci at met volle mond, als in zijn puberjaren; het ontbijt op zondagochtend, dat hij nooit wilde overslaan, leek hem zijn kindermanieren in herinnering te roepen.

'Hij heeft ook Endre een brief gestuurd,' zei Laci met volle mond.

'Wat heeft hij hem geschreven?' vroeg ik onthutst.

'Dat hij ter beschikking moest staan en op deze dag nergens heen moest gaan, omdat hij hem nodig zou hebben.'

'Endre?' vroeg ik, en ik lachte.

'Waar of niet, Tibor?' vroeg Laci, want hij had deze betrouwbare getuige altijd nodig. Laci vertrouwde zijn eigen uitspraken niet eens meer.

'Ja, ja,' zei Tibor korzelig.

'Hij wil iets. Misschien wil hij zijn schulden regelen', en

zijn gezicht klaarde op alsof hij de enige waardige en fatsoenlijke oplossing gevonden had.

We dachten na. Ik wilde Lajos geloven, en nu Tibor deze veronderstelling had uitgesproken, leek mij dit ook niet onmogelijk. Een wilde vreugde stroomde door me heen en ik geloofde het meteen met vurig enthousiasme. Dat is het natuurlijk, daarom komt hij na twintig jaar terug! Hij komt terug naar de plaats waar hij – waarom zou ik het verbloemen? – iedereen iets schuldig was: de een geld, de ander het inlossen van een belofte of een eed, de plaats waar elke ontmoeting pijnlijk, gênant en beschamend voor hem kon zijn. Hij komt terug en gaat de confrontatie met het verleden aan, hij komt zijn gegeven woord na! Welke kracht, wat voor hoop straalde er op dat moment in me? Plotseling was ik niet meer bang voor de ontmoeting. Mensen gaan niet tientallen jaren later terug naar de plaats waar ze mislukt zijn. Het had lang geduurd voordat hij klaar was voor dit bezoek, dacht ik nu met medelijden. Hij moest zich lange tijd voorbereiden, en wie weet door welke afgronden en labyrinten hij heeft moeten gaan voordat hij zover was. Plotseling was ik ontwaakt. Deze dolzinnige hoop, die alle nuchtere, kleinzerige argwaan van de hand wees, dit licht dat voorafgaand aan de komst van Lajos opkwam als de dageraad, deed bij mij alle twijfel verdwijnen. Lajos was in aantocht samen met de kinderen; hij was al onderweg, hij was al dicht bij mij in de buurt. En wij, die hem kenden, die van zijn zwakheden op de hoogte waren, moesten ons opmaken voor de grote afrekening, waarbij Lajos iedereen zijn schulden zou terugbetalen: hij zou zijn onder eed gedane beloften nakomen en zijn schuldbrieven inlossen.

Nunu, die geluidloos in de deuropening was verschenen en met haar handen gevouwen onder haar schort naar ons gesprek luisterde, zei zachtjes: 'Endre heeft bericht gestuurd, hij komt straks langs. Hij zegt dat Lajos hem in zijn officiële functie gevraagd heeft te komen.'

Deze mededeling deed mijn hoop alleen maar oplaaien. Lajos had een notaris nodig! We praatten druk door elkaar heen. Laci vertelde breedvoerig en opgewonden dat het nieuws zich al verspreid had in de stad. 's Nachts in het café was een kleermaker naar hem toe gekomen die het had over oude rekeningen, onbetaalde kleermakersrekeningen van Lajos. Een schepen had het over betonnen banken die hij vijftien jaar eerder op aanraden van Lajos had besteld; er was ook een voorschot betaald, maar de banken waren nooit aangekomen. Dit bericht was niet meer krenkend voor mijn herinneringen. Het verleden van Lajos was vol van zulke lichtzinnige daden en beloften. Ik zag dit alles als kinderlijke, puberale lichtzinnigheid. Intussen waren enkele moeilijke levensfasen voorbijgegaan; Lajos was de vijftig gepasseerd; hij zou niet meer spelen met zijn woord, hij zou verantwoording afleggen voor het verleden, hij was al onderweg naar ons toe. Ik ging nette, zondagse kleren aandoen.

Laci zat te dagdromen. 'Hij moest altijd iets hebben. Weet je nog, Tibor; toen je hem voor het laatst zag, na de grote ruzie, toen je hem recht in zijn gezicht had gezegd dat hij een slap karakter had, toen je al zijn zonden had opgenoemd, alles wat hij de familie en zijn vrienden had aangedaan, en hem een waardeloze vent had genoemd? Toen huilde hij, omhelsde iedereen en vroeg jou wat geld ten afscheid. Honderd, tweehonderd? Weet je het nog?'

'Ik weet het niet meer,' zei Tibor gekweld, beschaamd.

'Wel waar!' schreeuwde Laci. 'En toen je hem niks gaf, rende hij volkomen overstuur weg, alsof hij de dood tegemoetging. Toen stonden we ook zo, in deze tuin, net zo met Lajos bezig, maar waren we tien jaar jonger. Toen hij bij de poort was, kwam hij nog een keer terug en vroeg jou zacht en rustig om wat kleingeld, twintig of zo, omdat hij geen geld had voor een treinkaartje, zei hij. Toen gaf je hem wat. Zo iemand heeft nog nooit bestaan!' zei Laci geestdriftig, en hij at verder.

'Ja, ja, ik gaf hem wat,' zei Tibor gegeneerd. 'Waarom niet? Ik heb nooit kunnen begrijpen waarom je niet iets zou mogen geven als je zelf genoeg hebt. Bovendien was dat bij Lajos niet het belangrijkste,' zei hij peinzend, en hij staarde bijziend naar het plafond.

'Geld was niet belangrijk voor Lajos?' vroeg Laci met oprechte verbijstering. 'Dat is net zoiets als zeggen dat bloed niet belangrijk is voor een wolf.'

'Je begrijpt het niet,' zei Tibor, en hij werd rood. Hij wordt altijd rood wanneer hij worstelt met zijn rol, de rol van rechter die behoedt en oordeelt; hij móét de waarheid spreken, zelfs als hij weet dat die niet overeenkomt met de formule van de waarheid waarin mensen geloven en waarop hij, de rechter, zijn eed heeft afgelegd. 'Je begrijpt het niet,' herhaalde hij koppig. 'Ik heb veel over Lajos nagedacht. Het gaat om de intentie. Maar de intentie van Lajos is niet slecht. Ik weet van een geval... Een keer had hij geld gevraagd terwijl wij ergens aan het drinken waren, een tamelijk groot bedrag... En toevallig kwam ik erachter dat hij dit bedrag de volgende ochtend onaangeroerd aan een van mijn medewerkers had gegeven, die in de problemen was geraakt. Wacht even, ik ben nog niet klaar. Het is natuurlijk geen bijzonder heldhaftige daad om met andermans geld liefdadigheid te bedrijven. Maar tegelijkertijd had Lajos het geld heel hard nodig; hij had wissels die vervielen, hoe moet ik het zeggen... Wissels waar iets pijnlijks mee was. Dit bedrag, dat hij in dronkenschap geleend had, en de volgende dag nuchter en koel aan een vreemde gaf, had hem uit de brand kunnen helpen. Begrijp je?'

'Nee,' zei Laci eerlijk.

'Ik denk dat ik het wel begrijp,' zei Tibor, en hij bleef daarna koppig zwijgen, zoals gewoonlijk, alsof hij spijt had gekregen van zijn woorden.

Nunu zei nog: 'Jullie moeten oppassen, want hij komt geld halen. Maar oppassen helpt ook niet. Tibor zal hem wel weer geld geven.'

'Nee hoor, ik niet meer,' zei Tibor lachend, en hij schudde zijn hoofd.

Nunu haalde haar schouders op.

'Jawel, vast wel. Net als de vorige keer. Iets. Nog eens twintig. Je móét hem iets geven.'

'Maar waarom, Nunu?' vroeg Laci met afgunst, in opperste verbazing.

'Omdat hij sterker is,' zei Nunu onverschillig, en ze ging terug naar de keuken.

Terwijl ik voor de spiegel stond om me om te kleden, moest ik even steun zoeken. Ik kreeg een visioen. Ik zag het verleden, zo krachtig als je de werkelijkheid van het heden kunt zien. Ik zag de tuin, dezelfde tuin waar we nu op Lajos zaten te wachten. We staan onder de grote es, twintig jaar jonger, en onze harten raken vervuld van wanhoop en woede. Sterke, driftige woorden klinken in de lucht als het gezoem van bromvliegen in de herfst. Het was toen ook herfst, tegen het einde van september. De lucht is geurig en vochtig. We zijn twintig jaar jonger, familie, vrienden en halve vreemden, en Lajos staat tussen ons in als een betrapte dief. Hij staat er rustig; hij knippert af en toe met zijn ogen, neemt soms zijn bril af en poetst hem zorgvuldig. Hij staat eenzaam midden in de opgewonden kring, kalm als iemand die weet dat hij het spel verloren heeft, dat alles uitgekomen is, zodat hij niets anders kan doen dan rustig staan wachten tot het vonnis over hem uitgesproken wordt. Dan verdwijnt Lajos ineens uit de kring. Wij leven verder op werktuiglijke wijze, als wassen poppen, alsof we alleen een symbolisch leven leiden en ons echte leven de strijd is, de woede die ons jegens Lajos vervult.

Nu zag ik hem, midden in de kring van vroeger, in de tuin van vroeger, en we kwamen allemaal tot leven, met de hevige gevoelens van vroeger. Ik trok mijn paarse jurk aan. Het was alsof ik voor een verkleedpartij een oud kostuum aantrok, het kostuum van het leven. Ik voelde dat alles waar een mens voor staat – de kracht en het karakteristieke gedrag – in zijn vijanden een bijzonder levensgevoel oproept. We hoorden allemaal bij hem, vormden een bondgenootschap tegen hem, en nu hij naderde, was ons leven anders geworden, spannender, gevaarlijker. Zulke gevoelens had ik terwijl ik in de oude kleren daar in mijn kamer voor de spiegel stond. Lajos bracht de tijd terug, en de tijdloze ervaring van leven. Ik wist dat hij niet veranderd was. Ik wist dat Nunu gelijk zou krijgen. Ik wist dat we niets tegen hem konden doen. En tegelijk wist ik dat ik nog steeds geen benul had van het leven, van mijn eigen leven noch van dat van anderen, en dat ik de waarheid alleen door Lajos te weten kon komen, ja, door Lajos, de leugenaar. De tuin stond plotseling vol bekenden. Ergens toeterde een automobiel. Ineens werd ik wonderbaarlijk kalm; ik wist dat Lajos aangekomen was, omdat hij niet anders kon, en dat wij hem ontvingen omdat wij niet anders konden, en dat het geheel voor hem even angstaanjagend, onaangenaam en onvermijdelijk was als voor ons.

IX

Maar de waarheid, deze merkwaardige ijskoude douche, deed mij uit mijn visioen ontwaken. Lajos was aangekomen en de dag van het bezoek was aangebroken, waar Tibor, Laci en Endre tot de dag van hun dood niet over uitgepraat zouden raken: ze zouden het ene woord vervangen door het andere, de herinneringen corrigeren en daarmee beelden van de werkelijkheid ophalen en weer ontkennen. Ik wil de geschiedenis van de dag getrouw vertellen. Het heeft een tijd geduurd voordat ik de werkelijke betekenis van het bezoek kon doorgronden. Het begon als een kunstje van een rondtrekkend circus. En het eindigde... Nee, het einde, het vertrek, valt nergens mee te vergelijken. Het eindigde heel gewoon. Lajos ging weg, de dag was voorbij, een deel van het leven. We leefden verder.

Lajos arriveerde met een complete menagerie. De automobiel die voor het huis bleef staan, trok op zich al aandacht in het stadje. Hij was rood en opvallend groot, als een autobus. Naar ik later vernam – want het moment van de aankomst, het lang verwachte ogenblik, had ik gemist, en ik kan slechts uit het chaotische verslag van Laci en de voorzichtige correcties van Tibor de beelden van dit stukje reconstrueren –, was het een onbekende, vreemd geklede jongeman die als eerste uit de wagen stapte. Hij droeg een leeuwachtige hond met gele haren in zijn arm. De hond, een of ander kostbaar Tibetaans ras, gromde dreigend, alsof hij wilde bijten. Daarna stapte een oudere vrouw uit, die door haar kleding en make-up een stuk jonger leek; ze droeg een leren jas;

vervolgens Éva en Gábor en ten slotte Lajos, die op de plaats naast de bestuurder had gezeten. Hun komst bracht de wachtenden in verwarring; niemand liep hen tegemoet om hen te begroeten. Ze stonden in de tuin en bleven roerloos kijken naar de rode wagen.

Lajos sprak met de chauffeur, kwam vervolgens de tuin binnen, keek rond, herkende Tibor en zei zonder te groeten: 'Tibor, heb je even een twintigje voor me? De chauffeur wil olie kopen en ik heb geen kleingeld.'

Aangezien hij exact dat zei wat iedereen op dat moment van hem had verwacht, protesteerde niemand en werd niemand kwaad; iedereen stond als betoverd in de tuin waar ze hem twintig jaar eerder voor het laatst hadden gezien onder dezelfde boom in hetzelfde licht; en aangezien ze door hem begroet werden met dezelfde woorden waarmee hij afscheid had genomen, begrepen ze dat dit allemaal onontkoombaar was en zwegen. Tibor overhandigde hem zonder iets te zeggen het gevraagde briefje. Een tijdje bleven ze nog staan, als acteurs in een pantomime. Toen betaalde Lajos de chauffeur, kwam weer de tuin in en stelde de nieuwkomers voor aan de aanwezigen. Zo begon het.

Later vroeg ik me vaak af of dit allemaal geregisseerd en theatraal was. Ik denk het wel; maar deze theatraliteit was niet bewust. Op een andere manier kon Lajos geen indruk maken; vroeg of laat zou hij overal weggestuurd zijn als een oplichter, een morele kermisklant, die zijn omgeving wel een tijdje kan vermaken, de mensen misschien kwaad kan maken, maar van wie ze uiteindelijk toch genoeg krijgen en zich van afwenden omdat alle trucjes en kunstjes vervelend worden. Maar van Lajos wenden ze zich niet af omdat zijn kleine regieproducties vol zitten met verrassingen waar hij zelf ook van geniet en die hij niet voorbereidt: op het moment van de pointe zou hij het liefst stomverbaasd in lachen uitbarsten en voor zichzelf applaudisseren. Lajos declameerde dikwijls een citaat van Shakespeare dat begon met: 'De wereld is een schouwtoneel.' Hij speelde dus op dit toneel, speelde altijd de hoofdrol in de actuele scène, en leerde de tekst nooit letterlijk uit zijn hoofd. Op het moment van zijn aankomst had hij zichtbaar plezier in het regisseren, acteren en declameren. Hij stelde de beide kinderen voor met een moeilijk te omschrijven en toch leugenachtig dramatisch gebaar als de arme moederloze wezen.

In zijn eerste woorden klonk al verwijt, alsof er iemand ter verantwoording geroepen werd. 'Ziehier, de wezen,' zo stelde hij aan Tibor en Laci de twee kinderen voor, die intussen volwassen geworden waren: Gábor was afgestudeerd ingenieur, een dikke, plompe, gluiperige jongeman die slaperig met zijn ogen knipperde, en Éva was een dametje dat zeer stadse, nieuwerwetse, sportieve kleren droeg met twee vossen om haar hals, en nogal spottend, verongelijkt en afwachtend glimlachte. Toch werden de kinderen van Vilma door het gebaar en de blik van Lajos voorgesteld als wezen, wat ze ook inderdaad waren – halve wezen dan; maar ze waren sterker dan de boze bedoelingen van het lot en waren in een geruststellende fysieke toestand teruggekeerd uit de tijd. Ik vind dit moeilijk om uit te leggen. We voelden ons nogal opgelaten, ook later, terwijl we met neergeslagen ogen tegenover de verweesde kinderen stonden. Lajos bleef ze showen, en face en en profil, alsof hij een stel sjofel geklede kinderen, van God en mensen verlaten, op straat gevonden had, en alsof iemand hier in huis – Tibor, of Nunu, of ikzelf – verantwoordelijk zou zijn voor hun lot. Dit verwijt sprak hij niet uit, maar vanaf het allereerste ogenblik presenteerde hij ons de kinderen op deze manier. En wat het merkwaardigste was: wij hadden allemaal het gevoel dat we tegenover deze twee verzorgde, zichtbaar goed geklede en zelfs verdacht rijpe en welingevoerde jonge mensen, die onverwacht in ons leven waren terechtgekomen alsof ze van de maan kwamen, inderdaad een soort verantwoordelijkheid droegen, in de praktische zin van het woord, alsof we verzuimd hadden ons brood of onze gevoelens te delen met iemand die er recht op had en het nodig had. De twee wezen stonden rustig te wachten; ze keken alsof ze de geregisseerde scènes van Lajos wel gewend waren, alsof ze wisten dat aan deze vertoningen niet te ontkomen viel en dat ze moesten wachten tot het hele programma was afgewerkt en het applaus losbarstte. Na een korte, kunstmatige pauze, toen we reeds vervuld waren van schuldgevoelens vanwege de 'wezen', schraapte Lajos, zoals gewoonlijk, tweemaal zijn keel en begon snel zijn goocheltrucs.

Deze trucs vulden de hele ochtend. Hij werkte koortsachtig; het was te zien dat hij het beste wilde geven wat hij kon, hij werkte met heel zijn hart, huilde echte tranen en presenteerde de verschillende programmaonderdelen met een briljant geheugen. Hij bracht iedereen in vervoering met zijn talent. Ook Nunu. Het eerste uur konden we geen woord uitbrengen. Onze adem stokte terwijl we naar zijn kunsten keken. Hij kuste Nunu twee keer, links en rechts, en pakte de brief van een secretaris-generaal uit zijn tas; hierin deelde de hoogste ambtenaar van een ministerie zijn goede vriend Lajos mee dat hij de brief ontvangen had waarin deze krachtig aangedrongen had op de benoeming van Nunu tot postmeesteres, en beloofde dat hij zijn best zou doen voor de inwilliging van het verzoek. Het geschrift heb ik zelf gezien: het was op officieel papier geschreven en voorzien van stempel en watermerk, en in de linkerbovenhoek stond in reliëfdruk: Secretaris-generaal. De brief was echt en origineel; Lajos had inderdaad iets voor Nunu gedaan. Alleen sprak niemand over het feit dat hij deze bemiddeling vijftien jaar eerder aan Nunu had beloofd; en iedereen zweeg over het feit dat Nunu de zeventig naderde en haar ambities om postmeesteres te worden allang had opgegeven; dat ze niet meer geschikt was voor die betrekking en op die hoge leeftijd nooit voor zulk verantwoordelijk werk zou worden aangenomen, en dat Lajos te laat was met zijn nobele daad, exact vijftien jaar te laat. Daar dacht niemand aan. We stonden met glanzende ogen, opgelucht en triomfantelijk, om Lajos en Nunu heen. Tibor keek trots rond, zijn bril glinsterde van tevredenheid: 'Zie je wel, we hebben ons vergist. Lajos houdt zich toch aan zijn woord!' vertelde zijn blik. Laci glimlachte ongemakkelijk, maar ook hij was zichtbaar trots op Lajos. Nunu huilde. Ze was dertig jaar lang hulppostmeesteres geweest thuis in Opper-Hongarije; dertig jaar lang hoopte ze vergeefs op een definitieve aanstelling; en toen die hoop mettertijd was vervlogen, was ze bij ons komen wonen en had ze haar ambtelijke ambities opgegeven. Nu las ze tot tranen toe geroerd de brief waarin haar naam werd genoemd; de secretaris-generaal had nog niets met zekerheid beloofd, maar gaf even een glimp van hoop dat hij welwillend naar de zaak van Nunu zou kijken en 'de mogelijkheden zou onderzoeken'.

Dit had allemaal geen praktisch nut meer. Toch huilde Nunu en zei zachtjes: 'Dank je wel, mijn lieve Lajos. Het is misschien te laat. Maar ik ben heel gelukkig.'

'Het is niet te laat,' zei Lajos. 'Je zult wel zien, het is niet te laat.'

Hij zei dit met de generositeit van iemand die niet alleen de secretaris-generaal tutoyeert, maar ook God; iemand die alles kan regelen, ook als het om ouderdom en dood gaat. We zwegen geroerd.

Daarna praatte iedereen door elkaar; oom Endre arriveerde en bleef wat afstandelijk en beschroomd naast het stenen bankje staan, alsof hij niet helemaal uit eigen beweging was gekomen maar op verzoek van Lajos 'in officiële functie'. Lajos voerde de regie. Hij stelde mensen aan elkaar voor, maakte opstellingen voor groepsportretten, improviseerde kleine scènes, taferelen van weerzien, verzoening, blijdschap en ontroering, allemaal met halve woorden, terwijl hij de werkelijke betekenis en inhoud van de ontmoetingen verborgen hield achter de onhandige en toneelachtige sfeer van het kunstmatige groepsportret; en wij gehoorzaamden allemaal en glimlachten bedeesd, ook oom Endre, die een aktetas onder zijn arm droeg, waarvan we de inhoud niet te zien kregen en die hij waarschijnlijk als symbolische bescherming had meegenomen om te demonstreren dat hij uit zichzelf niet gekomen zou zijn en slechts zijn plicht deed. En iedereen was zichtbaar blij om Lajos te zien en bij deze samenkomst aanwezig te mogen zijn. Het had me niet verbaasd als een kleine menigte zich achter het tuinhek had verzameld en was gaan zingen. Maar onze gemoedstoestand werd bepaald door een algehele verwarring die ons overspoelde in een krachtige stroom, waarin elk detail verloren ging. Later, tegen de avond, toen we bijkwamen, keken we elkaar verwonderd aan, alsof we de betoverde ooggetuigen waren geweest van de kunsten van een Indiase fakir; de fakir had een touw naar de hemel gegooid, was naar boven geklommen en tussen de wolken verdwenen. We keken naar de hemel om hem te zoeken en zagen verbijsterd dat hij alweer voor ons stond te buigen en met de hoed rondging.

X

Nunu diende een lichte maaltijd op. De gasten gingen zitten op de veranda, maakten kennis met elkaar en zaten nerveus te eten. Iedereen voelde dat de gemoederen alleen door de toverkracht van de goochelkunst van Lajos in toom werden gehouden. Het was alsof elk woord dat werd uitgesproken bij een rol hoorde. En ieder uur had een kunstmatige inhoud – eerste scène: de maaltijd, later: bezichtiging van de tuin. Soms zag Lajos met zijn regisseursblik dat de inzet van een van de groepen verslapte; dan klapte hij in zijn handen en gaf de maat aan. Uiteindelijk bleef hij met mij alleen in de tuin. Van de veranda klonk de stem van Laci, die geestdriftig en gepassioneerd praatte, want Laci was de eerste die zich gewonnen gaf, zijn twijfels vergat en zich vol blijdschap overgaf aan de koestering van de vertrouwde stralen, de stroom van de aanwezigheid van Lajos.

De eerste woorden waarmee Lajos zich tot mij wendde, luidden: 'Nu gaan we alles goedmaken.'

Mijn hart ging hevig en nerveus tekeer. Ik antwoordde niet. Ik stond tegenover hem, onder de boom, naast het stenen bankje, waarop hij mij zoveel leugens had verteld, en bekeek hem eindelijk eens goed.

Hij had iets triests. Iets van een oude fotograaf of politicus, die de nieuwe trucs en ideeën niet meer kent, en koppig en gekrenkt vasthoudt aan zijn oude kunstgrepen, zijn huichelachtig innemende manier van doen. Hij had ook iets van een oude dierentemmer, voor wie zijn beesten niet meer bang zijn. Ook zijn kleding was op een speciale manier uit de tijd:

alsof hij hardnekkig met de mode mee wilde blijven doen, maar er door een innerlijke weerstand niet in slaagde chic en modieus gekleed te zijn zoals het naar zijn idee zou horen of zoals hij zou willen. Zijn stropdas, die een tikkeltje schreeuweriger was dan bij zijn kleding, zijn wezen en de tijd van het jaar paste, gaf hem iets van een avonturier. Hij droeg lichte kleren, een wijd reispak, zo een als buitenlandse filmproducenten op doorreis dragen in de geïllustreerde bladen. Alles wat hij aanhad, leek nieuw en speciaal voor de gelegenheid bij elkaar gezocht. Dit alles had iets van machteloosheid. Mijn hart kromp ineen. Als hij in versleten kleren, gebroken en zonder hoop was gekomen, zou ik misschien niet door een dergelijk goedkoop medelijden zijn bevangen. Dan zou ik gedacht hebben dat hij zijn lot vervuld had. Maar zo'n beschamende, hopeloze branie wekt medelijden bij me op. Ik keek naar hem en had plotseling met hem te doen.

'Ga zitten, Lajos,' zei ik. 'Wat wil je van me?'

Ik was rustig en welwillend. Ik was niet meer bang voor hem. Deze man is mislukt, dacht ik, en ik voelde bij die gedachte geen genoegdoening; ik voelde niets dan medelijden, een diep en vernederend medelijden, alsof ik gemerkt zou hebben dat hij zijn haar verfde of zoiets onbetamelijks; het liefst had ik hem een standje gegeven voor het verleden en het heden, ernstig maar niet bijzonder streng. Plotseling voelde ik me veel ouder en rijper. Lajos was blijven steken op een bepaald punt van zijn ontwikkeling en oud geworden als een brallerige, studentikoze sjoemelaar die niet bijzonder gevaarlijk is en – wat misschien het meest bedroevend is – ook niet bijzonder doelgericht te werk gaat. Zijn ogen waren helder, grijs en onzeker, net als vroeger, toen ik hem voor het laatst had gezien. Hij rookte een sigaret met een lang pijpje. Zijn dooraderde handen waren opvallend oud geworden en trilden voortdurend. Hij keek ook aandachtig naar mij, kalm en rustig, en wekte de indruk dat hij wist dat deze ene keer alle trucs voor niets zouden zijn, dat ik al zijn kunstjes al gezien had en de geheimen van zijn vak kende, en dat hij kon zeggen wat hij wilde maar uiteindelijk toch verantwoording moest afleggen, met of zonder woorden, en dat hij deze keer de waarheid moest spreken... Uiteraard begon hij met een leugen.

'Ik wil alles goedmaken,' herhaalde hij werktuiglijk.

'Wat wil jij goedmaken?'

Ik keek hem in zijn ogen en begon te lachen. Dit kan niet meer serieus zijn, dacht ik. Na een bepaalde tijd kan er niets meer 'goedgemaakt' worden tussen mensen; deze bedroevende waarheid begreep ik op dat moment, terwijl we daar op het stenen bankje zaten. Je leeft, je bent bezig je leven op te lappen, te verbeteren, op te bouwen en af en toe te verknoeien; maar na een tijdje merk je dat uit al die fouten en toevalligheden een geheel is ontstaan dat niet meer veranderd kan worden. Lajos kon hier niets meer doen. Als iemand opduikt uit het verleden, op sentimentele toon aankondigt dat hij 'alles' goed wil maken, wekt dit voornemen alleen medelijden op en werkt op de lachlust; de tijd heeft alles al 'goedgemaakt' op die ene speciale wijze die de enige manier is om iets definitief te regelen.

Ik antwoordde: 'Laat maar, Lajos. Uiteraard zijn we allemaal blij om jullie te zien, zowel jou als de kinderen. We kennen jouw plannen niet, maar we zijn blij om je nog een keer te zien. Laten we het niet over het verleden hebben. Je bent niemand iets verschuldigd.'

Zodra ik deze woorden had uitgesproken, merkte ik dat ik ook werd meegesleept door het vuur van het moment; dat ik ook van die 'eerste woorden' ging zeggen die leugenachtig van inhoud zijn. Alleen sentimentele overdrijving en hoogdravende gêne konden mij laten zeggen dat het verleden niet meer bestond en dat Lajos niemand iets verschuldigd was. We voelden allebei die valse toon en staarden met neergeslagen ogen naar het grind. Het register waarin we tegen elkaar spraken was te hoog: het was niet alleen te hoog, maar ook galmend en vals. Ineens merkte ik dat ik in discussie trad, weinig consequent, maar wel met echte woorden, met een emotie die ik niet kon onderdrukken.

'Waarschijnlijk ben je niet alleen daarvoor gekomen,' zei ik zachtjes, want ik was bang dat ze me op de veranda zouden horen. Het gesprek daar was zachter geworden, alsof ze naar ons luisterden.

'Nee,' zei hij, en hij hoestte. 'Ik ben niet alleen daarvoor gekomen. Nog één keer in het leven moet ik met jou praten, Eszter.'

'Ik heb niets meer,' zei ik met een onwillekeurige stoutmoedigheid.

'Ik wil ook niets meer,' antwoordde hij, en hij werd niet boos. 'Nu wil ik jóú iets geven. Kijk, twintig jaar zijn voorbijgegaan, twintig jaar! We hebben niet zoveel keer twintig jaar meer voor ons in het leven; misschien waren deze twintig de laatste. In twintig jaar wordt alles zuiverder, transparanter, begrijpelijker. Ik weet nu wat er gebeurd is en ook waarom het gebeurd is.'

'Wat is dit walgelijk,' zei ik hees. 'Walgelijk en lachwekkend. Hier zitten we op een bankje, twee mensen die ooit een band hebben gehad, te praten over de toekomst. Nee, Lajos, er is geen toekomst; ik bedoel voor ons tweeën. Laten we met beide benen op de grond blijven staan. Er is iets wat jij niet kent: een bescheiden waardigheid, de waardigheid van het bestaan. Ik heb genoeg van de vernederingen. Het is al een schande dat we over het verleden praten. Wat wil je? Wat haal je je in je hoofd? Wie zijn die vreemde mensen? Op een dag pak je je boeltje, verzamel je mensen en dieren, en kom je hier aanwaaien met de oude woorden, met de grandeur van de Heer die uit de hemelen spreekt... maar hier kent men jou al. We kennen jou al, vriend.'

Ik praatte rustig, met een lachwekkende plechtstatigheid, en sprak alle woorden uit met een gedecideerdheid alsof ik alles van tevoren goed had overdacht. In werkelijkheid had ik niets overdacht. Ik geloofde geen moment dat hier ook nog maar iets goedgemaakt kon worden, ik was niet van plan Lajos om de hals te vallen en ik wilde ook niet met hem in discussie gaan. Wat wilde ik dan wel? Ik wilde graag onverschillig zijn. Hij is er, hij is gekomen, ook dit hoort bij het curieuze programma van het leven; hij wil iets, hij heeft een of ander geheim plannetje, maar hij zal ook wel weer weggaan, en dan zullen wij verder leven zoals altijd. Hij heeft geen macht meer over mij. Dit gevoel had ik, en ik keek zelfverzekerd en met een bepaalde superioriteit naar hem. Hij heeft geen macht meer over mij in de zin van de oude gevoelens. Maar tegelijkertijd merkte ik dat de opwinding die zich van mij meester maakte tijdens dit eerste gesprek allesbehalve leek op onverschilligheid; ik merkte dat de emotie waarmee ik tot Lajos sprak een teken was van een relatie die vrij is van romantiek, sentimentaliteit en illusies, en die niet beschenen wordt door het peinzende maanlicht van het verleden en de herinnering. We praatten over de werkelijkheid. Het was alsof we na zoveel mist en vaagheid ons dringend wilden vastgrijpen aan de werkelijkheid, want ik reageerde snel, zonder over de woorden na te denken.

'Jij kunt mij niets geven. Jij hebt alles meegenomen, alles kapotgemaakt.'

Hij gaf het antwoord dat ik verwachtte: 'Dat is waar.'

En hij keek me kalm aan, met een heldere, grijze blik. Daarna staarde hij in de lucht. Hij zei dit op een kinderlijke manier, bijna blij, alsof hij was geprezen op een examen. Ik huiverde. Wat voor een mens was dit? Hij was zo kalm; hij keek rond in de tuin en inspecteerde het huis met de zakelijke blik van een architect.

Daarna ging hij op conversatietoon verder: 'Je moeder is daar gestorven in de kamer boven, achter de gesloten jaloezieën.'

'Nee,' zei ik verbaasd, 'mijn moeder is beneden gestorven, in de grote kamer waar Nunu nu woont.'

'Interessant,' zei hij. 'Dat was ik vergeten.'

Daarna gooide hij zijn sigaret weg, stond op, wandelde naar de muur van het huis, betastte de bakstenen en schudde zijn hoofd.

'Een beetje vochtig,' zei hij op afkeurende toon, verstrooid.

'Het huis is vorig jaar gerenoveerd,' zei ik, nog steeds niet bijgekomen van de verbazing.

Hij kwam weer naar me toe en keek me diep in de ogen. Hij bleef lange tijd zwijgen. We staarden elkaar aan tussen de wimpers van onze halfgesloten ogen door, aandachtig en nieuwsgierig. Zijn gezicht was nu serieus, devoot.

'Eén vraagje, Eszter,' zei hij zachtjes, op ernstige toon. 'Eén klein vraagje.'

Ik sloot mijn ogen; ik voelde hitte en duizeligheid. Deze duizeligheid duurde enkele seconden. Ik stak mijn hand beschermend voor me uit. Nu gaat hij het vragen, dacht ik. Mijn god, nu gaat hij het vragen. Wat? Misschien wel waarom dit allemaal gebeurd is. Misschien of ik degene ben die te laf is geweest. Nee, nu móét ik antwoorden. Ik haalde diep adem en keek hem aan, klaar om te antwoorden.

'Zeg mij, Eszter,' vroeg hij nu zacht en vertrouwelijk, 'is dit huis nog vrij van lasten?'

XI

De gebeurtenissen van de ochtend, dat wil zeggen de dingen die op deze zin volgden, zijn vaag in mijn herinnering. Op dat ogenblik kwam oom Endre naar ons toe. Lajos raakte in de war en begon luidruchtig te liegen. Hij sprak op een hoge toon, alsof hij zijn angst wilde overschreeuwen, neerbuigend en met een gemaakte gemoedelijkheid, die geen vat had op Endre. Lajos sloeg een toon aan van 'mijn oude vriend': hij greep Endre bij de arm, vertelde grappige verhalen en gedroeg zich helemaal als een graag geziene, voorname gast in een huis waar iedereen en alles beneden zijn stand is. Endre luisterde kalm. Endre is de enige persoon ter wereld voor wie Lajos bang is, op wie de toverkracht van Lajos geen vat heeft. Op de een of andere manier blijft hij onverschillig onder de stralen van de bezwerende kracht die Lajos naar zijn eigen overtuiging uitzendt, ook naar dieren en dode voorwerpen. Endre luisterde aandachtig naar Lajos, als een toeschouwer die de geheimen van de goochelaar en de verborgen opbouw van de trucs kent en ook niet vreemd zou opkijken als Lajos de nationale vlag uit zijn hoed zou toveren of de fruitschaal van de eettafel zou laten verdwijnen. Hij luisterde naar hem met een zakelijke, belangstellende aandacht; zonder boosheid, zichtbaar geïnteresseerd. Alsof hij steeds zei: 'En, wat kun je nog meer?' Lajos hield pauzes tussen de nummers en wierp snelle blikken opzij om oom Endre in de gaten te houden.

Misschien was ik de enige die dit gespartel zag; Tibor en Laci waren waarschijnlijk te zeer verdiept in het bewonderen van de schone attracties. Later op de dag kwam ik erachter dat de kleine Éva ook de verwarring van Lajos had opgemerkt. Alsof Endre kennis had van een eenvoudige en onloochenbare waarheid waarmee hij Lajos elk ogenblik in de hoek kon drijven. Maar hij spotte niet met hem en was niet eens onvriendelijk.

'Wel, Lajos, je bent dus gekomen?' zei hij, en ze gaven elkaar een hand.

Dit was alles. Lajos lachte ongemakkelijk. Hij had natuurlijk meer ongestoord te werk kunnen gaan als er geen ooggetuige aanwezig was bij het moment van het weerzien. Maar hij had hem tenslotte zelf laten komen, 'in officiële functie', naar we hadden gehoord. Hij had Endre in een aangetekende brief per expresse gevraagd om die dag niet weg te gaan, omdat hij met hem wilde praten. Endre was gekomen, met de uitnodiging van Lajos op zak, en stond rustig met zijn dikke lichaam in de tuin, met welwillend geduld, en sloot af en toe traag zijn ogen. Hij luisterde zonder neerbuigendheid naar Lajos, maar met de vernietigende zelfverzekerdheid van iemand die zich ervoor geneert om zijn macht te gebruiken, want hij hoefde maar één blik te werpen of zijn wijsvinger te heffen en Lajos zou stilletjes afdruipen en de voorstelling zou afgelopen zijn. Kennelijk kon Lajos deze onaangename getuige niet missen. Hij keek naar de ouder wordende Endre met een blik alsof hij zich er na lang piekeren uiteindelijk toe zette de realiteit onder ogen te zien – voor Lajos betekende Endre altijd de realiteit, de onontkoombare rechter en getuige, dat genadeloze stuk weerstand waar zijn betovering op afketste. Het was alsof hij wilde zeggen: 'Dan hebben we het maar gehad.'

Endre was pas de laatste drie à vier jaar oud geworden. Door alles wat zwaar en stroef was in zijn karakter, dat raadselachtige verzet tegen de wereld, dat de mensen altijd op een afstand had gehouden, die priesterachtige voornaamheid en die stille observerende blik die hem al op jonge leeftijd had gekenmerkt, was de omgang met hem sinds enkele jaren ook voor vreemden moeilijker geworden. Hij was niet onvriendelijk, maar je had in zijn gezelschap steeds het gevoel alsof Endre iets over de wereld wist wat tegen de wet is, en dit voor zich hield. Zijn goedheid was zwaar op de hand, schuchter en onbeholpen.

Ook nu keek hij naar Lajos alsof hij alles wist, maar er niet over piekerde om te oordelen of te vergeven. Dit 'Wel, Lajos' waarmee hij hem na twintig jaar begroette, was niet neerbuigend, noch arrogant of streng, en toch had ik het gevoel dat Lajos van die woorden onzeker werd; hij keek nerveus rond, tastte zenuwachtig om zich heen en depte zijn voorhoofd met een zakdoek. Zo stonden ze te praten, ik geloof over politiek of over de oogst. Toen haalde Endre zijn schouders op, alsof hij genoeg gezien en gehoord had, ging zitten op het stenen bankje en vouwde zijn handen op zijn buik, zoals oude mannen dat doen. De hele dag, tot de late namiddag, toen hij het document opmaakte waarin ik Lajos machtigde om het huis te verkopen, sprak hij geen woord meer tot de gast.

Uiteraard wisten we allemaal dat Lajos eropuit was om mijn leven te vernietigen, om precies te zijn: het leven van Nunu en de rust van mijn laatste levensjaren. Het huis stond nog boven ons hoofd, weliswaar in slechte staat door de tand des tijds, maar toch machtig – het huis, het laatste van waarde wat Lajos nog niet had meegenomen. Nu was hij gekomen om het te halen. Het moment dat ik het telegram van Lajos kreeg, wist ik dat hij zou komen voor het huis. Zoiets zeg je niet met woorden, en toch weet je het. Ik had mezelf tot het laatste ogenblik voor de gek gehouden. Zowel Endre als Tibor wist het. Later waren ze allemaal verbaasd dat we ons zonder verzet en krachteloos hadden overgegeven – aan Lajos? – en erin hadden berust dat er in het leven geen halfgeldige oplossingen waren. Ooit was er iets begonnen, een lange tijd geleden, vijftien jaar terug, dat nu afgemaakt moest worden. Hij had vastgesteld dat het huis nogal vochtig was en begon onmiddellijk over iets anders te praten, alsof het belangrijkste al geregeld was en aan de details geen woorden meer verspild hoefden te worden. Tibor en Laci stonden nieuwsgierig om hem heen. Een poosje later, voor het middageten, kwam er een kleermaker binnen, de oude kleermaker van Lajos, die met gêne en veel buigingen een twintig jaar oude rekening overhandigde. Lajos omhelsde hem en stuurde hem weg. De heren dronken alsemwijn, praatten luid en lachten uitgebreid om de anekdotes van Lajos. We gingen in een uitstekende stemming aan tafel.

XII

Alleen de aanwezigheid van de vreemde vrouw begreep ik niet. Ze was te oud en te onbeduidend om de minnares van Lajos te zijn. Het duurde enige een tijd voordat ik eindelijk begreep dat de jongeman met de leren jas die als eerste uit de rode automobiel was gestapt, zich met enkele beleefd gemompelde woorden had voorgesteld en daarna niets meer zei – hij was almaar bezig om de leeuwachtige hond op te voeden – , de zoon van deze vrouw was. Dit alles was tegen een soort stilzwijgende afspraak. De jongeman was blond, lichtblond, wat men zilverblond noemt. Zijn gezicht leek onbehaard, want de kleur van zijn wimpers was nauwelijks te onderscheiden van de witheid van zijn huid, en hij knipperde voortdurend met zijn ogen. Hij had wolachtig krullend haar, als een oude neger. Later zette hij een donkerblauwe bril op en verdween bijna achter die donkere glazen. Ik merkte pas tegen de avond dat die jongeman de verloofde van Éva was, en dat de vrouw, iemand uit betere kringen, die steeds verkeerd beklemtoonde Franse woorden in haar verhalen mengde, al jaren het huishouden van Lajos bestierde. In de verwarring van de eerste uren was dit me niet duidelijk.

De vrouw, die door de kinderen Olga werd genoemd, was gespannen en triest. Ze drong zich niet op aan ons gezelschap; in het uur na hun entree zat ze stil aan de ontbijttafel met haar parasol te spelen en naar haar bord te staren. Een avonturierster, dacht ik in het allereerste ogenblik. Maar later merkte ik dat ze een vermoeide en lusteloze avonturierster was; iemand die niet meer echt in het avontuur gelooft en liefst niets meer zou ondernemen, maar zich zou terugtrekken in een rustige bezigheid, haken bijvoorbeeld, of kunstnijverheid. Soms liet ze in een wrange glimlach haar mannelijke, gele tanden zien. Toen ik uiteindelijk tegenover haar stond, wist ik niet wat ik moest zeggen. We tastten elkaar af met onze ogen, eerst glimlachend, later zonder glimlach, met een harde blik en onverhulde argwaan. Haar kleren en haar geverfde gele haar verspreidden de geur van een zoetig parfum.

'Lieve Eszter,' zei ze.

Als protest antwoordde ik luid en met klem: 'Mevrouw.'

Ik moest lachen. In dit uur, vlak voor het middageten, leek het huis bijna te zweven als de kleurige lichthuizen van een fata morgana. Er werd met deuren gesmeten, Lajos haalde een schildpad te voorschijn uit een doos en liet zien dat het dier reageerde op muziek: het bewoog als Lajos floot, stak zijn wanstaltige kop uit en gaf sissende signalen. Hij had het reptiel meegenomen als bezienswaardigheid, als rekwisiet, als bewijs van het succes van zijn buitengewone dompteurstalent. De schildpad oogstte veel succes. Iedereen ging om het spektakel heen staan en slaakte geestdriftige kreten; zelfs de serieuze Endre kon zijn nieuwsgierigheid niet onderdrukken.

Daarna deelde Lajos geschenken uit: hij gaf Laci een polshorloge, Nunu twee in leer gebonden Franse dichtbundels in een zeldzame uitgave – hij voorzag de boeken van een opdracht en stoorde zich er niet aan dat Nunu geen woord Frans sprak –, Tibor en Endre dure buitenlandse sigaren en mij een zware omslagdoek van paarse zijde. De algemene opwinding bereikte haar kookpunt. Voor het tuinhek hadden zich al vreemde mensen en nieuwsgierigen verzameld; daarom gingen we het huis binnen. Het huis werd gevuld met hete, kruidige etenslucht, de geur van feest, die iets eeuwigs en onvergetelijks in zich heeft, iets van de eenmalige opwinding van het leven, van de haastige geluiden van het tafeldekken, dichtslaande deuren, gerinkel van borden, de gedempte conversatie van de binnenkomende gasten, luide kreten, van een lichamelijk en muzikaal fortissimo, van de pracht en de feestelijkheid van het leven. Dit gebeurde overal waar ik keek. De vreemde vrouw ging in een hoek zitten en praatte monotoon.

Ze vertelde dat ze Lajos acht jaar eerder had leren kennen, nadat ze bij haar man was weggegaan. Haar man was een of andere ambtenaar; ze vertelde niet precies waar hij werkte en wat hij deed. Ik had nog nooit van dichtbij mensen gezien zoals deze vrouw en haar zoon. Ik had in geïllustreerde bladen wel eens met verbazing naar foto's gekeken die de nieuwe jeugd toonden, of één soort daarvan, het soort mensen dat 's middags in pakken met brede schouders danste in lounges van hotels, of vliegtuigen bestuurde, of op een motorfiets naar zijn bestemming reed met een jonge vrouw achterop, van wie de rok omhooggegleden was tot boven haar knie. Ik weet dat er ook een andere jeugd is, de echte. Dit is een vertekening die als herinnering in me leeft, een vreemde en onrustbarende soort waarvan ik niets zekers weet. Ik weet alleen dat ik met dit soort mensen niets meer te maken heb. Door het gevoel van verwarring en onwetendheid dat zich in hun aanwezigheid van me meester maakt, weet ik dat er een soort mensen in de wereld bestaat waar ik niets mee gemeen heb, de mensen van de motoren en de dansmuziek, die in bioscoopfilms optreden, die de overeenkomst die mijn ouders en ik met de maatschappij gesloten hadden al achter zich hebben gelaten. Er was iets in deze man wat niet op het toneel van alledag paste; hij kon een romanheld zijn, dacht ik, maar dan zou hij eerder de held van een detectiveroman zijn. Hij praatte weinig, en als hij iets zei, keek hij naar het plafond en sprak de woorden langzaam en gedragen uit. Ook hij had iets triests, net als zijn moeder; ze straalden een troosteloze treurigheid uit. Ik had nooit eerder het gevoel gehad dat mensen op zo'n schreeuwerige, krenkende manier vreemd konden zijn. Hij rookte niet, hij dronk niet. Om zijn linkerpols droeg hij een dunne gouden armband, en af en toe haalde hij bliksemsnel zijn hand omhoog, alsof hij iemand wilde slaan, en schoof de ketting met een gewoontegebaar omhoog op zijn arm. Ik vernam dat hij niet zo lang geleden dertig geworden was en secretaris was ergens op het bureau van een politieke partij; maar als hij zijn donkerblauwe bril afzette en zijn waterige blik over de voorwerpen en gestalten in de kamer liet glijden, leek hij zelfs ouder dan Lajos.

Wat kunnen ze je ook schelen, dacht ik. Maar ik moest wel opmerken dat hij het gezelschap in de gaten hield. Ik vond zijn naam al vervelend; hij had een oninteressante en alledaagse naam: hij heette Béla. Ik reageer altijd sterk op namen, met goedkeuring of verzet. Dit gevoel is primitief en onrechtvaardig. Maar zulke primitieve gevoelens bepalen onze relatie tot de wereld, onze sympathieën en haatgevoelens. Ik kon me niet lang met hem bezighouden, want zijn moeder nam mij voor het middagmaal volledig in beslag. Ongevraagd vertelde ze haar hele leven. Dit levensverhaal was één ten hemel schreiende aanklacht die van de goddelijke en aardse machten genoegdoening eiste voor het onrecht dat haar was aangedaan door vrouwen en mannen, verwanten en minnaars, kinderen en echtgenoten. Ze ratelde haar beschuldigingen monotoon af, in afgeronde zinnen, als een schoolkind dat zijn lesje opzegt dat het van buiten heeft geleerd. Iedereen had haar bedrogen, iedereen was tegen haar, en ten slotte had iedereen haar in de steek gelaten; dit had ik ongeveer van de aanklacht begrepen. Af en toe huiverde ik; het was alsof er een krankzinnige tegen me sprak. Vervolgens begon ze zonder overgang over Lajos. Ze sprak op een vertrouwelijke, cynische toon. Ik kon dit niet verdragen. Ik voelde me vernederd doordat Lajos met zijn kompanen bij mij was binnengedrongen. Een mens heeft tenslotte een zekere waardigheid.

Ik stond op, met in mijn hand de paarse doek, het geschenk van Lajos, en zei: 'We kennen elkaar niet. Misschien kunnen we hier beter niet over praten.'

'Och,' zei ze onverschillig en kalm, 'we zullen nog alle tijd hebben om hierover te praten. We leren elkaar nog wel kennen, lieve Eszter.'

Ze stak een sigaret op, blies de rook lang uit en staarde me door de rookwolk heen zo kalm aan alsof ze alles geregeld had, alsof ze in alles tot een besluit was gekomen, alsof zij iets wist wat ik nog niet wist, maar waar ik onvermijdelijk aan moest gehoorzamen.

XIII

Ik moet hier drie gesprekken optekenen. Dit is alles wat die middag gebeurde: ze kwamen achter elkaar een voor een binnen: Éva, Lajos, en ten slotte Endre, die 'in officiële functie' was uitgenodigd. Na het middagmaal ging het gezelschap uiteen. Lajos ging een dutje doen met een vanzelfsprekendheid alsof hij thuis was, waar hij vasthield aan zijn gewoonten. Gábor en de vreemdelingen gingen met de automobiel een ritje maken in de omgeving, waar ze burchtruïnes en kerken wilden bekijken; ze kwamen pas tegen de avond terug. Éva kwam meteen na het eten naar mijn kamer. Ik ging met haar voor het raam staan, ik nam haar hoofd in mijn beide handen en keek lange tijd naar haar. Haar heldere blauwe ogen verdroegen mijn blik rustig.

'Je moet helpen, Eszter,' zei ze toen. 'Jij bent de enige die kan helpen.'

Ze had een lieve stem: een beetje zangerig, als de stem van een schoolkind. Ze kwam maar tot mijn schouder. Ik omhelsde haar, maar kreeg het gevoel dat de scène te sentimenteel was en was blij toen ze enigszins tegenstribbelde en zich uit mijn armen losmaakte. Ze ging voor de commode staan en stak een sigaret op; ze hoestte zachtjes, alsof ze net aan een onoprechte situatie was ontsnapt en ging met lichte gêne de voorwerpen en de ingelijste foto's boven op de commode bekijken. Deze plek was voor mij heilig, zoals voor de Chinezen hun huisaltaar waarvoor ze buigen om de voorouders te vereren. In een lange rij kijken alle mensen naar me die een rol in mijn leven hebben gespeeld. Ik ging naast haar staan en volgde de beweging van haar ogen.

'Dit is moeder,' zei ze zachtjes, opgewekt. 'Wat is ze mooi. Ze moest toen jonger zijn geweest dan ik nu ben.'

Vanaf de foto keek de achttienjarige Vilma ons aan; ze was nogal mollig, gekleed volgens de mode van die tijd, met een jurk van witte kant, hoge zwarte schoenen en haar haar los, in lokken over haar voorhoofd gekamd; in haar hand hield ze bloemen en een waaier. Het was een statige foto, waar ze verlegen en onnatuurlijk op stond. Alleen de donkere ogen met de vragende blik verrieden iets van de latere boze, gepassioneerde Vilma.

'Kun je je haar herinneren?' vroeg ik, en ik voelde dat mijn stem onzeker werd.

'Vaag,' antwoordde zij. 'Een keer komt iemand de donkere kamer binnen en buigt zich over mij heen met een warme, bekende geur. Dat is alles wat ik me herinner. Ik was drie jaar oud toen ze stierf.'

'Drieënhalf,' zei ik ongemakkelijk.

'Ja. Maar eigenlijk herinner ik me alleen jou. Je corrigeert altijd iets aan mij, trekt mijn kleren recht of maakt mijn haar netjes. Vervolgens verdwijn jij ook. Waarom ben je weggegaan, Eszter?'

'Zwijg,' zei ik. 'Zwijg, Éva, je kunt dit nog niet begrijpen.'

'Nog niet?' vroeg ze, en ze begon te lachen op die zangerige, gedragen, bewust gerekte toon, die nogal theatraal was; daardoor klonk elk woord enorm belangrijk en bewust uitgesproken. 'Je speelt nog altijd voor moedertje, Eszter. Liefje...' zei ze vrolijk, met een bepaalde superioriteit en medelijden. En nu was zij degene die – met het gebaar van een volwassene – haar arm om mijn schouder legde, mij naar de bank leidde en liet zitten.

We keken naar elkaar als twee vrouwen die elkaars geheimen kennen of die juist trachten te raden. Plotseling stroomde een hete opwinding door me heen. De dochter van Vilma, dacht ik. De dochter van Vilma en Lajos. Ik voelde dat ik rood werd en de stem van jaloezie, die zo diep, vurig en hevig was dat ik ervan schrok, ging schreeuwend in me tekeer. Ik wilde deze stem niet het zwijgen opleggen. Ze zou jouw dochter kunnen zijn! Dit zei de stem. Jouw dochter zou ze kunnen zijn, de inhoud van jouw leven. Waarom is ze teruggekomen? Ik boog mijn hoofd en met een heftige beweging verborg ik mijn gezicht in mijn handen. Het moment was sterker dan de schaamte die ik voor dat gebaar voelde. Ik wist dat ik mijn geheim prijsgaf, dat iemand naar me keek en zonder medelijden mijn gespartel gadesloeg. En deze jonge vrouw, die mijn dochter had kunnen zijn, gaf mij geen absolutie en redde me niet uit deze meelijwekkende situatie. Na een tijd, die eindeloos lang leek, hoorde ik weer haar rijpe, bijzondere, zelfbewuste stem, die onverschillig klonk.

'Je had niet weg moeten gaan, Eszter. Het was vast niet gemakkelijk met vader. Maar je moet geweten hebben dat jij de enige was die hem had kunnen helpen. En wij waren er ook nog, Gábor en ik. Ook ons heb je mooi aan ons lot overgelaten. Alsof twee kinderen buiten de deur gezet worden. Waarom heb je dat gedaan?'

En toen ik zweeg, zei ze rustig: 'Je deed het uit wraak. Waarom kijk je me zo aan? Jij was slecht en handelde uit wraak. Jij was de enige vrouw die macht had over vader. Jij was de enige vrouw van wie vader hield. Nee, Eszter, ik weet dit ook, minstens zo goed als jij en vader. Wat is er gebeurd tussen jullie? Ik heb hier veel over nagedacht. Ik had tijd om erover na te denken, al die lange kinderjaren. Mijn jeugd was niet bijzonder vrolijk. Ken je de details? Ik vertel ze je graag. Ik ben gekomen om ze te vertellen. En je tot slot te vragen om te helpen. Ik denk dat je ons dit verschuldigd bent.'

'Ik zal jullie helpen,' zei ik, 'met alles wat ik heb.'

Ik rechtte mijn rug. Het moeilijke moment was voorbij.

'Kijk, Éva,' zei ik, en ik was zelf ook weer kalm. 'Jouw vader is een zeer interessante, zeer getalenteerde man. Maar deze dingen, waar we het nu over hebben, moeten wat weggezakt zijn in zijn herinnering. Je moet weten dat je vader snel vergeet. Je moet niet denken dat ik hem verwijten maak. Hij kan er niets aan doen. Zo is zijn karakter...'

'Ik weet het,' zei ze. 'Vader herinnert zich niet de werkelijkheid. Hij is een dichter.'

'Ja,' zei ik opgelucht. 'Misschien is hij wel een dichter. De werkelijkheid wordt vaag in zijn bewustzijn. Daarom mag je niet alles geloven wat hij zegt. Zijn herinneringen kloppen niet. De tijd waar jij over praat was de moeilijkste tijd van mijn leven, die bijna ondraaglijk pijnlijk en ingewikkeld was. Jij hebt het over wraak. Wat is dat voor een woord? Wie heeft je dat geleerd? Jij weet niets. Alles wat je vader je over die tijd kan vertellen, is zinsbegoocheling, vage drogbeelden. Maar ik herinner me de werkelijkheid. De werkelijkheid is anders. Ik ben niemand rekenschap verschuldigd.'

'Maar ik heb de brieven gelezen,' zei ze nuchter.

Nu viel ík stil. We keken elkaar een tijdlang aan.

'Wat voor brieven?' vroeg ik onthutst.

'De brieven, Eszter,' zei ze, levendiger. 'De brieven van vader, die hij in die tijd aan jou geschreven had. Je weet wel, toen hij hier regelmatig in huis was, toen hij met jou bezig was, toen hij jou smeekte om samen weg te gaan omdat hij het anders niet uithield, omdat hij zijn eigen karakter niet aankon, Vilma niet aankon, die sterker was dan hij en die jou haatte, Eszter... Want moeder haatte jou... Waarom? Omdat je jonger was? Of mooier, echter? Jij bent de enige die daarop antwoord zou kunnen geven.'

'Waar heb je het over, Éva?' riep ik, en ik schudde haar arm. 'Wat voor brieven? Wat zijn dit voor droombeelden?'

Ze bevrijdde haar arm, streek met haar fijne kinderhand over haar voorhoofd en keek me met grote ogen aan. 'Waarom lieg jij?' vroeg ze hard en koud.

'Ik heb nooit gelogen,' antwoordde ik.

Ze haalde haar schouders op.

'Ik heb de brieven gelezen,' zei ze, en ze kruiste haar armen als een onderzoeksrechter. 'Ze lagen altijd in de kast, in moeders klerenkast, waar jij ze verborgen had... Je weet wel, in dat rozenhouten kistje. Ik heb ze een jaar of drie geleden gevonden.'

Ik voelde dat ik bleek werd, het bloed trok uit mijn hoofd weg.

'Vertel me alsjeblieft alles,' zei ik daarna. 'Je mag denken wat je wilt, denk maar dat ik lieg. Maar vertel me alles over de brieven.'

'Ik begrijp het niet,' zei ze nu levendig, op verbaasde toon.

'Ik heb het over de drie brieven die vader aan jou had geschreven toen hij met moeder verloofd was en jou smeekte om hem uit die emotionele gevangenschap te bevrijden omdat hij alleen van jou hield. De laatste brief dateert van de avond voor zijn bruiloft. Ik heb de data vergeleken. Dit is de brief waarin hij schrijft dat hij niet in staat is om persoonlijk met je te praten, omdat hij zich daar te zwak voor voelt uit schaamte om moeder. Ik denk dat vader nooit zo'n oprechte brief heeft geschreven. Hij schrijft dat hij een beschadigde en hulpeloze man is en alleen op jou vertrouwt, dat jij de enige bent die hem zijn gevoel van eigenwaarde en zijn evenwicht kan teruggeven. Hij vraagt je om met hem weg te gaan, je nergens iets van aan te trekken en samen met hem naar het buitenland te gaan; hij zou zijn lot helemaal in jouw handen leggen. Het is een wanhopige brief. Eszter, het is onmogelijk dat je het je niet herinnert. Dat kan toch niet, Eszter? Om de een of andere reden wil je niet met mij over die brieven praten... Misschien is het pijnlijk voor je vanwege moeder, of je schaamt je voor mij. Ik heb alles begrepen toen ik die brieven gelezen had. Sinds enkele jaren kijk ik met heel andere ogen naar vader. Het is al voldoende als iemand één keer in het leven sterk en goed wil zijn. Het heeft niet aan hem gelegen dat het niet gelukt is. Waarom heb je niet geantwoord?'

'Wat had ik moeten antwoorden?' vroeg ik zonder emotie, op bedaarde toon, als een leugenaar die zijn leugen toegeeft, alsof ik werkelijk op de hoogte was van de brieven.

'Antwoorden... Mijn god. Het was in elk geval netjes geweest om te antwoorden. Zulke brieven hoor je te beantwoorden. Een mens krijg maar één keer in zijn leven een brief als deze. Hij schreef dat hij tot de volgende ochtend op jouw brief zou wachten. Als je niet zou antwoorden, zou hij weten dat je niet de kracht had om het te doen... en dan kon hij ook niets anders doen dan hier blijven en met moeder trouwen. Hij kon er niet met jou over praten. Hij was bang dat je hem niet zou geloven, want hij loog veel. Ik kan niet weten wat er tussen jullie gebeurd is... en ik heb ook geen recht om het te vragen. Maar jij hebt zijn brief niet beantwoord, en daarna was alles bedorven. Eszter, neem me niet kwalijk... Nu alles voorbij is, geloof ik dat jij ook schuldig bent aan wat gebeurd is.'

'Wanneer heeft je vader die brieven geschreven?'

'De week voor de trouwerij.'

'Naar welk adres heeft hij ze gestuurd?'

'Naar dit adres, hier bij jullie thuis. Jij woonde toen hier, samen met moeder.'

'Je vond de brieven in een rozenhouten kistje?'

'Ja. In een kistje. In de klerenkast van moeder.'

'Had iemand een sleutel van de kast?'

'Alleen jij. En vader.'

Wat kon ik zeggen? Ik liet haar arm los, stond op, ging voor de commode staan, hield de foto van Vilma omhoog en keek er lange tijd naar. Ik had die foto lang niet meer in mijn hand gehad. Nu staarde ik naar die bekende en toch beangstigend vreemde ogen en dat voorhoofd, en plotseling begreep ik alles.

XIV

Mijn zuster Vilma haatte me. Éva had gelijk: er gloeide een soort oerhaat tussen ons, een naamloze, duistere drift, die in de loop der jaren zijn betekenis had verloren. Het was niet mogelijk een precieze aanklacht te formuleren als reden voor onze haat. Want ik haatte haar ook en zocht geen reden of excuus voor dit gevoel. Het was niet mogelijk exact te zeggen welke daad van haar mij had gekwetst, of wat ik gezegd had waardoor wij zo vijandig tegenover elkaar waren komen te staan. Zij was altijd de sterkste, ook in de haat. Als iemand haar gevraagd had waarom ze me zo onverzoenlijk haatte, had ze sissend een serie verwijten en argumenten kunnen opnoemen; maar die verklaarden de haat niet. De redenen waren we vergeten. De haat bleef, dit hete, intense gevoel dat alle menselijke landschappen bedekte met zijn modderstroom, en na de dood van Vilma bleven slechts kale overstrominggebieden over op de plaats van de familierelaties.

Ik hield de foto dicht voor mijn bijziende ogen en keek er aandachtig naar. Wat zijn de doden toch sterk, dacht ik met een machteloos gevoel. Op dat ogenblik leefde Vilma weer, in die geheimzinnige vorm van bestaan waarin de doden zich soms met ons leven bemoeien, terwijl ze dood en begraven zijn, in de chemische boeien van de vergankelijkheid geslagen. Maar op een dag melden ze zich en treden ze handelend op. Vandaag is het misschien de dag van Vilma, dacht ik. En ik dacht aan die middag toen ze op sterven lag, en haar omgeving niet meer dan heel eventjes herkende, toen ik bij haar bed zat te huilen en op een woord van haar wachtte, een woord van afscheid, vrede, verzoening, en intussen wist dat ik haar zelfs op de drempel van de dood niet vergaf en dat ook zij zelfs in de roes van de dood mij niet kon vergeven. Ik bedekte mijn gezicht met mijn handen en huilde. Toen zei ze: 'Je zult nog wel aan me denken!' Ze was niet meer bij haar volle verstand. Ze heeft me vergeven, dacht ik hoopvol. Maar mijn diepere gevoel zei: ze dreigt. Toen stierf ze. Na de begrafenis bleef ik nog maandenlang daar in huis. Ik kon de kinderen niet alleen laten, Lajos ging toen naar het buitenland en bleef een paar maanden weg. Ik leefde in het lege huis en wachtte ergens op.

Maar de kast van Vilma, die ene waarin Éva later de brieven vond, maakte ik nooit open. Als iemand me gevraagd zou hebben waarom, had ik wel met hoogdravende, holle frasen geantwoord dat ik geen recht had om aan de geheimen van de doden te komen. In werkelijkheid was ik te laf, bang voor de inhoud van de kast, voor de herinnering aan Vilma. Want sinds ze door haar door eenzijdig een eind had gemaakt aan de twist tussen ons beiden, deze eeuwige, hartstochtelijke dialoog, leek er een curieus taboe te rusten op al onze gezamenlijke herinneringen, doelen en gevoelens. Lajos ging na de begrafenis op reis en ik leefde met de kinderen in een huis waar niets van mij was en waar toch alles op de een of andere manier mij was afgenomen, waar de gebruiksvoorwerpen verzegeld leken te zijn met de stempel van een geheimzinnige deurwaarder – toen was de deurwaarder wiens aanwezigheid we voelden van dit geheimzinnige soort; de echte, alledaagse en werkelijke deurwaarder stond pas later voor de deur, met de rekeningen voor de schulden van Lajos. Ik bestierde er het huishouden maar ik durfde niets echt aan te raken, zoals je je eigendom aanraakt; ik voedde de kinderen op, maar nog minder krachtdadig dan een aangenomen gouvernante. Alles was vijandig in dat huis, alles was taboe, aan alles kleefde iets geheimzinnigs en vijandigs dat de diepere betekenis van het mijn en dijn bepaalt in deze wereld. Niets was meer van mij hier. Vilma had alles meegenomen wat ik graag had gewild, ze had alles waarnaar ik had verlangd kapotgemaakt en tot taboe verklaard. Ze heerste over ons met de macht en de willekeur van de doden. Een tijdlang hield ik het vol. Ik wachtte op Lajos, ik wachtte op een wonder.

Hij schreef zelden uit het buitenland, meestal alleen ansichtkaarten. Toen speelde hij alweer toneel; dit was alweer zo'n 'groot moment' voor hem, een noodlottig moment, dat met grote gebaren en in perfect kostuum gespeeld diende te worden. Het kostuum was de rouw, het grote gebaar de reis naar het buitenland. Hij ging op reis alsof hij de pijn niet meer kon verdragen en moest vluchten voor de herinneringen.

In werkelijkheid vermaakte hij zich waarschijnlijk uitstekend in die steden in het buitenland; hij onderhield zakelijke contacten, 'begroef zich in het werk', naar hij zelf zei; in werkelijkheid bezocht hij inderdaad af en toe een museum of een bibliotheek, maar hij zat meer in cafés en restaurants en onderhield amoureuze betrekkingen. Lajos is een flexibele geest, dacht ik. Maar in die maanden, terwijl ik op hem wachtte, begreep ik dat het onmogelijk was om met hem te leven; dat zijn wezen, zijn daden dat bindmiddel misten dat nodig is om menselijke relaties op te bouwen. Zijn tranen waren echte tranen, maar de tranen losten niets in hem op, geen pijn, geen herinneringen; Lajos was altijd in volle paraatheid blij of verdrietig, maar in werkelijkheid voelde hij niets. Dit had iets onmenselijks. Toen hij na vier maanden thuiskwam, was ik er niet meer; een paar dagen eerder was ik naar huis gegaan, nadat ik de kinderen aan de zorgen van een betrouwbare vrouw had toevertrouwd. Ik schreef Lajos een brief waarin ik hem vertelde dat ik deze kunstmatige moederrol niet wilde, dat ik niets met zijn zaken te maken wilde hebben en hem niet meer wilde zien. Op die brief kwam geen antwoord. De eerste weken, ja, de eerste jaren wachtte ik nog op een brief van hem; later begreep ik dat hij niet kón antwoorden: de wereld waarin wij samen hadden geleefd, was in stukken uiteengevallen. Daarna verwachtte ik niets meer.

Nu Éva over de onbekende brieven sprak, hartstochtelijk en verwijtend, moest ik weer denken aan het rozenhouten kistje. Het kistje was inderdaad van mij geweest; ik had het van Lajos gekregen voor mijn zestiende verjaardag, maar Vilma vroeg me later of zij het mocht hebben. Ik gaf het haar niet graag. Toen kende ik de werkelijke natuur van Lajos nog niet, ik kende ook mijn gevoelens voor hem nog niet. Vilma smeekte me haar het kistje te geven en ten slotte gaf ik het haar, met tegenzin, maar zonder al te veel verzet; waarschijnlijk was ik haar smeekbeden gewoon zat. Vilma wilde meestal alles hebben wat ik had gekregen: kleren, boeken, muziekboeken, alles waarvan ze merkte dat het voor mij ook maar enigszins iets was gaan betekenen of mij dierbaar was geworden. Zo vroeg ze ook of ze het rozenhouten kistje mocht hebben. Ik verzette me een tijdje, maar later werd ik er moe van en gaf het haar; ik móést het haar gewoon geven, omdat zij sterker was. Later, toen ik al iets vermoedde over Lajos en mezelf, over de werkelijke aard van onze relatie, vroeg ik haar wanhopig me het kistje terug te geven, maar Vilma beweerde dat ze het kwijt was. Het met rozenhout ingelegde kistje, dat met een figuurzaag was gemaakt en een bedompte, kruidige geur had, was het enige geschenk dat ik ooit van Lajos had gekregen. De ring heb ik nooit als een cadeau beschouwd. Het kistje was uit mijn leven verdwenen. Het kwam nu te voorschijn, tientallen jaren later, in de woorden van Éva, met deze opmerkelijke inhoud: de brieven van Lajos waarin hij mij smeekt om met hem weg te lopen voor zijn huwelijk en hem te redden. Ik zette de foto terug op zijn plaats.

'Wat willen jullie van mij?' vroeg ik, en ik zocht steun tegen de kast.

XV

'Kijk, Eszter,' zei ze toen, niet op haar gemak, en ze stak weer een sigaret op. 'Vader zal het je wel vertellen. Ik denk dat hij gelijk heeft. Je kunt je wel voorstellen dat er veel is gebeurd sinds je ons hebt verlaten. Er is veel gebeurd, en niet alle wendingen waren even plezierig. De eerste tijd kan ik me niet herinneren. Later gingen we naar school en volgde een leven vol verhuizingen. We veranderden elk jaar van woning en van school en kregen een andere gouvernante. Die gouvernantes... Mijn god... Je kunt je wel voorstellen dat vader niet al te kieskeurig was. De meesten liepen weg, met medeneming van delen van het interieur, of wij liepen weg voor hen, met achterlating van huis en meubilair, om onze intrek te nemen in een huurwoning. Een tijdlang – ik was toen een jaar of twaalf – verbleven we in hotelkamers. Het was een interessant leven. We werden aangekleed door de ober, maakten ons huiswerk met de liftboy; vader was soms dagenlang weg en de kamermeisjes pasten op ons en zorgden voor onze opvoeding. Soms aten we dagenlang zeekreeft op de hotelkamer; dan aten we dagenlang bijna niets. Vader houdt erg van zeekreeft. Zo groeiden we op. Andere kinderen krijgen melk of speciale kindervoeding... Maar meestal hadden we toch wel veel plezier. Later, toen het vader al wat beter ging, keerden we terug naar het burgerlijke bestaan: we huurden een huis, hadden een huishouden, vader begon een of andere onderneming – ik hield als kind al mijn hart vast voor de ondernemingen van vader. Toen hadden we wel eens heimwee naar de tijd van de hotels, want ook in het 'burgerlijke bestaan' leefden we als een nomadenfamilie in de woestijn. Vader is, zoals je weet, geen stadsmens. Spreek me niet tegen; ik ken hem toch beter. Vader hecht zich niet aan voorwerpen; soms denk ik zelfs dat het hem niet kan schelen of hij 's avonds wel een dak boven zijn hoofd heeft. Hij heeft wel iets van een jager en visser: hij gaat 's morgens op zijn paard zitten – hij had altijd een automobiel, ook in de moeilijkste tijden, en hij reed meestal zelf. De stad is voor hem een speciaal soort woestijn of woud waarin hij erop uittrekt, speurt, op de uitkijk staat, een briefje van honderd schiet, het mee naar huis neemt, klaarmaakt en dan iedereen een hapje geeft; maar daarna doet hij niets tot de prooi op is, dagen- of wekenlang... Eigenlijk houden we daarom van vader – ook jij, Eszter. Vader kan een piano of een goede baan weggooien als een paar oude handschoenen; hij heeft geen respect voor voorwerpen en waarden, jij kent dat ook wel van hem. Wij vrouwen kunnen dat niet begrijpen. Ik heb al veel van vader geleerd, maar zijn echte geheim, deze losheid en innerlijke ongebondenheid, kan ik nooit leren. Hij voelt zich nergens werkelijk mee verbonden; hij is alleen in het gevaar geïnteresseerd, het speciale gevaar dat leven heet. Alleen God weet hoe dat werkt, alleen God begrijpt hem. Hij heeft dat gevaar nodig, het leven onder de mensen, het leven zonder compromissen, waarbij hij uit nieuwsgierigheid de overeenkomsten openbreekt en ze dan verstrooid weggooit. Heb jij dit niet begrepen, toen hij...? Ik bedoel, voelde je het niet aan? Ik had als kind al het gevoel dat we tentbewoners waren, een rondtrekkende stam, die soms over gevaarlijk gebied trekt en soms over vriendelijk terrein. Vader loopt voorop met een boog en een pijlkoker in zijn hand; hij verkent het terrein, snelt naar de telefoon, luistert, houdt speciale signalen in de gaten, komt dan plotseling op een wonderbaarlijke manier tot leven, wordt een en al alertheid en gespannen verwachting... Ergens naderen olifanten de bron en vader heft zijn boog. Lach je me niet uit?'

'Nee,' zei ik met droge keel. 'Praat verder. Ik lach je niet uit.'

'Mannen, weet je wel,' zei ze nu wijs en belerend, met een lichte zucht. Ik moest even lachen. Maar ik werd meteen weer ernstig. Ik moest begrijpen dat Éva, Vilma's dochter, het kind waartegen ik met gemak de toon van een volwassene, een ingewijde vrouw aansla, iets over mannen wist, in elk geval meer wist en met meer zekerheid dan ik, die haar moeder kon zijn. Ik schaamde me voor mijn lachje.

'Ja, ja,' zei ze, en ze sperde haar onschuldige blauwe ogen wijd open. 'Mannen. Er zijn mannen die zo zijn. Die niet gebonden zijn aan een gezin, aan voorwerpen of aan bezit. Vroeger moeten ze jagers of vissers zijn geweest. Vader ging soms maandenlang weg. Dan werden we in internaten gestopt, bij de nonnen, die met panische welwillendheid ons weer netjes probeerden te krijgen, alsof ze ons langs de kant van de weg hadden gevonden, alsof ons haar vol klitten en kleverige vruchten van het oerwoud zat, alsof we daarvoor met de apen in de apenbroodboom hadden gezeten. Maar weet je, onze jeugd was toch wel kleurrijk en afwisselend... Je hoort me ook niet klagen. O, je moet niet geloven dat ik me beklaag over vader. Ik hield van hem, en misschien was hij me het liefst als hij terugkwam van zijn maandenlange avonturenreis, nogal afgepeigerd en totaal berooid, alsof hij met wilde dieren had gevochten. Dan was hij een tijdje heel lief voor ons. Op zondagochtend nam hij ons mee naar het museum, daarna gingen we taart eten en naar de bioscoop. Hij bekeek onze schriften, hij zette een monocle voor zijn oog en sprak ons met een serieus gezicht ernstig en berispend toe. Dit was allemaal erg grappig: vader als opvoeder, moet je je voorstellen!'

'Ja,' zei ik. 'Arme ziel.'

Maar ik wist niet eens meer met wie ik meer medelijden had: met hen, de kinderen, of met Lajos, en Éva vroeg het niet. Ze was kennelijk verdiept in de variaties van de herinneringen.

Ze zei op vriendelijke, onverschillige toon: 'Eigenlijk hadden we geen slecht leven. Tot op een dag deze vrouw arriveerde.'

'Wie is zij?' vroeg ik, en ik deed mijn best om zacht en onverschillig te klinken.

Ze haalde haar schouders op.

'Het noodlot,' zei ze spottend met een pruillip. 'Ze is het soort vrouw, weet je wel, dat op het juiste moment arriveert. Het laatste moment...'

'Welk moment?' vroeg ik met droge keel.

'Het moment dat vader oud begon te worden. Het moment waarop de jager merkt dat zijn ogen niet meer scherp zijn en zijn handen beven. Op een dag werd vader bang.'

'Waarvoor?'

'Voor het oud worden. Voor zichzelf. Eszter, niets is treuriger dan zo'n man wanneer hij oud wordt. Dan is hij een gemakkelijke prooi voor iedereen.'

'Wat heeft ze met hem gedaan?'

We praatten zachtjes, fluisterend, als twee samenzweerders.

'Ze heeft macht over hem.'

Daarna zei ze: 'We zijn haar geld schuldig. Wist je dat ik met hem zou trouwen?'

'Haar zoon?'

'Ja.'

'Houd je van hem?'

'Nee.'

'Waarom ga je dan met hem trouwen?'

'Ik moet mijn vader redden.'

'Wat weet ze over hem?'

'Iets ergs. Ze heeft wissels in haar bezit.'

'Houd je van iemand anders?'

Nu zweeg zij. Ze keek naar haar roze gelakte nagels. Daarna zei ze zacht, als een wijze, rijpe vrouw: 'Ik houd van mijn vader. Er zijn twee mensen op de wereld die van hem houden: jij, Eszter, en ik. Gábor telt niet mee, hij is zo anders.'

'Wil je niet met hem trouwen?'

'Gábor is veel rustiger,' zei ze ontwijkend. 'Alsof hij zich opgesloten heeft in een soort doofheid. Hij wil niets horen en hij lijkt niet eens te zien wat er om hem heen gebeurt. Zo beschermt hij zich.'

'Is er iemand,' vroeg ik, en ik kwam naderbij, 'van wie je houdt en met wie je zou willen trouwen als de zaken op de een of andere manier geregeld konden worden? Het zou niet gemakkelijk zijn... Ik ben al arm, Éva, je moet het weten: Nunu, Laci en ik zijn arm... Maar misschien weet ik wel iemand die zou kunnen helpen.'

'Jij bent degene die kan helpen,' zei ze weer, op dezelfde koude toon, zelfverzekerd en terloops. Maar nu keek ze me al een tijdlang niet meer in de ogen. Ze stond met haar rug naar het raam toe, dus ik kon haar gezicht niet zien. Na het middageten was de hemel betrokken en boven de tuin verschenen dikke, donkerblauwe wolken, typisch voor de septembermaand. De kamer werd halfdonker. Ik ging naar het raam en trok één geopende vleugel dicht, alsof in de zware stilte iemand ons af kon luisteren vanuit de tuin, die wachtte op de regen.

'Je moet het vertellen,' zei ik, en ik voelde diezelfde vreemde hartkloppingen die ik al heel lang niet meer gevoeld had, misschien voor het laatst in de nacht toen mijn moeder stierf. 'Als je iemand hebt van wie je houdt, als je werkelijk aan deze mensen wilt ontsnappen, jij en je vader... Als geld zou kunnen helpen... Je moet het nu vertellen.'

'Ik denk, Eszter,' zei ze, met haar ogen op de grond gericht en met de onschuldige stem van een schoolmeisje, 'dat geld, ik bedoel geld alleen, niet meer kan helpen. Jij bent er ook bij nodig. Maar vader weet hier niets van,' zei ze snel, bijna alsof ze geschrokken was.

'Waarvan?'

‘Hiervan... Wat ik heb gezegd.’

‘Wat wil je?’ vroeg ik ongeduldig, met luide stem.

‘Ik wil vader redden,’ zei ze zonder emotie.

‘Van deze mensen?’

‘Ja.’

‘En jezelf?’

‘Als het zou kunnen.’

‘Houd je niet van hem?’

‘Nee.’

‘Wil je weggaan?’

‘Ja.’

‘Waarheen?’

‘Naar het buitenland. Ver weg.’

‘Wacht daar iemand op je?’

‘Ja.’

‘Ja,’ zei ik nu ook, met een gevoel van opluchting, en ik ging uitgeput zitten. Ik drukte mijn hand op mijn hart. Ik voelde dezelfde duizeligheid die ik altijd voelde wanneer ik uit de weinig objectieve wereld van wachten en peinzen stap, de schaduwen verlaat en met de werkelijkheid word geconfronteerd. De werkelijkheid is zoveel eenvoudiger! Éva houdt van iemand, ze wil graag met hem trouwen, ze wil graag een zuiver en oprecht leven leiden. En ik moet haar helpen. Ja, ik moet haar helpen met alles wat ik heb.

Ik vroeg bijna gretig: ‘Wat kan ik doen, Éva?’

‘Vader zal het je wel vertellen,’ zei ze stroef, alsof ze zich schaamde om deze woorden uit te spreken. ‘Hij heeft een plan klaar... Ik geloof dat ze een plan klaar hebben. Je krijgt het wel te horen, Eszter. Dit is hun zaak, en de jouwe. Maar mij kun je ook afzonderlijk helpen, als je wilt. Er is hier iets in dit huis wat van mij is. Voor zover ik weet, behoort het mij toe. Neem het me niet kwalijk, je ziet dat ik rood word... Het is heel moeilijk om hierover te praten.’

‘Ik begrijp het niet,’ zei ik, en ik voelde dat mijn handen koud werden. ‘Wat bedoel je?’

'Ik heb geld nodig, Eszter,' zei ze schor en ruw, aanvallend. 'Geld om weg te gaan.'

'Ja, natuurlijk,' zei ik onzeker. 'Geld... Ik kan vast en zeker wat geld krijgen. Nunu denk ik ook. Ik zou met Tibor kunnen praten. Maar Éva...' zei ik ontnuchterd en machteloos, alsof ik uit een roes bijkwam, 'ik vrees dat het erg weinig is wat ik zou kunnen krijgen.'

'Ik wil jouw geld niet hebben,' zei ze, nu koud en trots. 'Ik hoef niets dat niet van mij is. Ik wil alleen dat hebben wat mijn moeder mij heeft nagelaten.'

Plotseling keek ze me aan met een brandende blik in de ogen, alsof ze me ter verantwoording riep.

'Vader heeft gezegd dat jij mijn erfenis bewaarde. Het is het enige dat ik van mijn moeder heb. Geef mij de ring terug, Eszter. Nu meteen. De ring, hoor je?'

'De ring, ja,' zei ik.

Éva stond zo agressief voor me dat ik terugdeinsde. Het kwam toevallig zo uit dat ik voor de kast stond waarin ik de valse ring bewaarde. Ik had de lade achter me moeten openen en haar de ring moeten overhandigen, die de dochter van Vilma op deze toon, met zoveel haat opeiste. Ik kon dat niet doen en ik stond daar met mijn armen gevouwen en vastbesloten om tegen elke prijs het geheim van de schandelijke daad van Lajos te bewaren.

'Wanneer heeft je vader jou van de ring verteld?' vroeg ik.

'Vorige week,' zei ze, en haalde haar schouder op. 'Toen ik hoorde dat we hiernaartoe zouden gaan.'

'Heeft hij het ook over de waarde van de ring gehad?'

'Ja. Hij heeft hem een keer laten taxeren. Dat was jaren geleden, na de dood van moeder. Voordat hij hem aan jou gaf, is de ring getaxeerd.'

'En hoeveel was hij waard?' vroeg ik rustig.

'Veel,' zei ze met die speciale schorheid in haar stem. 'Duizenden. Misschien wel tienduizend.'

'Ja,' zei ik. Vervolgens zei ik: 'Wel, kind, de ring, die krijg je niet.' Ik was verbaasd hoe rustig, bijna hautain mijn stem klonk.

'Heb je hem niet meer, of wil je hem mij niet geven?'

'Op deze vraag wil ik niet antwoorden,' zei ik, en ik keek in de lucht. Op dat moment voelde ik dat Lajos geluidloos, zoals altijd, met de lichte tred van een toneelacteur de kamer binnen was gekomen en vlak bij ons stond.

'Ga weg, Éva,' hoorde ik toen de stem van Lajos zeggen. 'Ik heb iets met Eszter te bespreken.'

Ik keek niet om. Er ging een hele tijd voorbij voordat Éva – de argwanende blik en de donkere glans in haar ogen deden me op dat moment bijzonder aan Vilma denken – met langzame tred de kamer verliet; op de drempel keek ze nog even om, haalde haar schouders op en liep met snelle, driftige passen de kamer uit. Maar de deur trok ze rustig achter zich dicht, alsof ze niet helemaal zeker was van haar zaak. Een tijdlang stonden we nog in de kamer zonder elkaar te zien. Toen draaide ik me om en stond voor het eerst in vijftien jaar oog in oog met Lajos; we waren alleen met elkaar.

XVI

Hij keek me glimlachend aan, met een vreemde, bescheiden glimlach, alsof hij wilde zeggen: 'Kijk eens aan, het valt allemaal best wel mee!' Ik had er niet raar van opgekeken als hij op dat moment in zijn handen had gewreven, zoals een tevreden koopman die na een geslaagde zakelijke transactie met zijn gezin alleen blijft en in opgewonden stemming nieuwe plannen maakt en andere geslaagde, veelbelovende zaken bedenkt. In zijn gezichtsuitdrukking was geen spoor van schaamte of verlegenheid te bekennen. Hij was vrolijk en kinderlijk opgewekt.

'Ik heb uitstekend geslapen, Eszter,' zei hij tevreden, 'alsof ik eindelijk ben thuisgekomen.'

Toen ik geen antwoord gaf, nam hij me bij de arm, leidde me naar een leunstoel en liet me galant plaatsnemen.

'Eindelijk kan ik eens goed naar je kijken,' zei hij teder. 'Je bent niets veranderd. In dit huis is de tijd stil blijven staan.'

Hij bleef onverstoorbaar onder mijn stilzwijgen. Hij liep heen en weer, bekeek de foto's, streek af en toe met zo'n goedkope artiestenbeweging over zijn dunner wordende grijzige haardos. Hij stapte zonder gêne rond in de kamer, alsof hij zojuist – vijfentwintig jaar geleden – voor een korte tijd was weggegaan omdat hij eventjes weggeroepen was en nu terugkwam om het gesprek voort te zetten, nogal verstrooid, meer voor de goede orde. Hij pakte een oud Venetiaans glas van tafel en keek er bewonderend naar.

'Dit heb je van je vader gekregen, hè, voor je verjaardag? Ik kan het me herinneren.'

'Wanneer heb je de ring verkocht?' vroeg ik.

'De ring?'

Hij keek met een peinzende, aandachtige blik naar het plafond. Zijn lippen bewogen geluidlos, alsof hij zat te rekenen.

'Ik weet het niet eens meer,' zei hij daarna minzaam.

'Jawel, Lajos,' spoorde ik hem aan. 'Probeer het je te herinneren. Het lukt je wel.'

'De ring, de ring,' zei hij vriendelijk, en hij schudde zijn hoofd, alsof hij graag bereid was te voldoen aan een gril en een onbetekenende vraag van wispelturige nieuwsgierigheid te beantwoorden. 'Wanneer zou ik die toch verkocht hebben? Ik denk een paar weken voor de dood van Vilma. We hadden toen zoveel geld nodig, weet je wel... De artsen, de politiek... Ja, het moet in dat jaar zijn geweest.'

En hij keek glimlachend naar mij, met stralende ogen en een heldere blik.

'Maar waarom interesseert jou die ring, Eszter?' zei hij.

'Daarna gaf jij mij de kopie. Weet je nog?' vroeg ik, en ik kwam een stap dichter bij hem staan.

'Is dat zo?' vroeg hij werktuiglijk, en hij zette onwillekeurig een stap achteruit. 'Het zou kunnen. Heb ik de ring echt aan jou gegeven?'

Hij glimlachte nog steeds, maar wat onzekerder. Ik ging naar de kast, opende de deur en haalde met een trefzekere beweging de ring te voorschijn.

'Herinner je je het nog steeds niet?' vroeg ik, en ik overhandigde hem het sieraad.

'Jawel,' zei hij zacht. 'Nu herinner ik het me weer.'

'Je had de ring verkocht,' zei ik; onwillekeurig ging ik ook zachter praten, zoals mensen alleen over die dingen praten waarvoor ze zich diep schamen en die ze voor iedereen verborgen willen houden, misschien zelfs voor God. 'En toen we thuisgekomen waren van de begrafenis, overhandigde je me met een groots gebaar de kopie als de nalatenschap van Vilma, als de enige kostbaarheid van de familie, als iets wat alleen mij toebehoorde. Ik was nogal verbaasd. Ik protesteerde ook, weet je nog? Maar toen nam ik hem toch aan en beloofde hem te zullen bewaren en later aan Éva te geven als ze volwassen was en hem nodig had. Weet je het nog steeds niet?'

'O ja, heb je dat beloofd?' vroeg hij luchtig. 'Waarom geef je haar de ring dan niet gewoon, als ze erom vraagt?' Hij wandelde heen en weer en stak een sigaret op.

'Vorige week heb je Éva verteld dat ik de ring voor haar bewaar. Éva heeft geld nodig; ze wil de ring verkopen. Zodra ze hem probeert te verkopen, zal uitkomen dat de ring vals is. Uiteraard ben ik dan degene die de ring vervalst heeft. Dat heb je gedaan,' zei ik hees.

'Waarom?' vroeg hij eenvoudig en met oprechte verbazing. 'Waarom jij? Het zou ook iemand anders geweest kunnen zijn. Bijvoorbeeld Vilma.'

We zwegen.

'Waar zijn jouw grenzen, Lajos?' vroeg ik.

Hij knipperde een paar keer met zijn ogen en keek naar de as van zijn sigaret.

'Wat is dat voor een vraag? Wat zijn dat: grenzen?' vroeg hij onzeker.

'Wat grenzen zijn? Ik stel me voor dat ieder mens innerlijke grenzen heeft, die maat geven aan goed een kwaad. En aan alles wat er tussen mensen mogelijk is. Maar jij hebt geen grenzen.'

'Dat zijn maar woorden,' zei hij, en hij maakte een handgebaar alsof hij zich verveelde. 'Grenzen, mogelijkheden. Goed en kwaad. Dat zijn slechts woorden, Eszter... Heb je er wel eens aan gedacht,' vervolgde hij, 'dat de meeste van onze daden niet zinvol en niet doelmatig zijn? Je begaat een bepaalde daad, ook al heb je er geen nut en geen plezier van. Als je op je leven terugkijkt, merk je dat je veel dingen om geen andere reden gedaan hebt dan dat je in de gelegenheid was om ze te doen.'

‘Dit is mij een beetje te hoog gegrepen,’ zei ik mismoedig.

‘Natuurlijk niet. Het is alleen een beetje ongemakkelijk, Eszter. Tegen het einde van het leven wordt een mens verschrikkelijk moe van alles wat doelmatig is. Ik heb altijd gehouden van daden waarvoor geen verklaring bestaat.’

‘Maar de ring...’ begon ik koppig opnieuw.

‘De ring, de ring...’ zei hij geïrriteerd. ‘Houd toch op over de ring. Heb ik Éva gezegd dat jij de ring bewaart? Dat kan. Waarom ik het gezegd heb? Omdat het moment zo was dat ik dat moest zeggen, het was het eenvoudigst en meest zinvol. Jij begint over de ring, Laci over een of andere wissel... Wat willen jullie? Dat is allemaal voorbij, het is er niet meer. Het leven vernietigt alles. Een mens kan niet voortdurend in staat van beschuldiging leven. Wie is zo onschuldig of zo machtig, vanbinnen, zoals je zegt, dat hij het recht heeft om een ander een leven lang te vervolgen? Zelfs de wet kent zoiets als verjaring. Alleen jullie willen daar niets van weten.’

‘Denk je niet dat je onrechtvaardig bent?’ vroeg ik, wat zachter.

‘Het zou kunnen,’ zei hij, ook wat zachter. ‘Wat, grenzen! Wat, innerlijke grenzen! Het leven heeft geen grenzen. Begrijp het toch eindelijk. Het zou kunnen dat ik Éva iets gezegd heb; het zou kunnen dat ik een fout heb gemaakt, gisteren, of tien jaar geleden, met geld, met ringen, met woorden. Mijn daden zijn nooit door bewuste beslissingen bepaald. Een mens is tenslotte alleen verantwoordelijk voor datgene wat hij bewust beraamt, wat hij echt wil. Een mens is alleen verantwoordelijk voor zijn intenties... Wat zijn daden nou? Dat zijn altijd willekeurige verrassingen. Maar de intenties, Eszter, die kunnen kwaadaardig en slecht zijn. Mijn intenties waren altijd zuiver,’ zei hij tevreden.

‘Ja,’ zei ik onzeker, ‘je intenties waren misschien wel zuiver.’

‘Ik weet wel dat ik niet in deze wereld pas,’ zei hij vriendelijker, een tikkeltje verongelijkt. ‘Wat willen jullie van mij?

Moet ik op mijn drieënvijftigste veranderen? Ik wilde altijd alleen maar het goede, het beste voor iedereen. Maar de mogelijkheden van het goede zijn beperkt op deze aarde. We moeten het leven mooier maken, anders is het ondraaglijk. Daarom zei ik tegen Éva wat ik zei over de ring. Die mogelijkheid stelde haar op dat moment gerust. Daarom zei ik vijftien jaar geleden tegen Laci dat ik hem het geld terug zou betalen, terwijl ik wist dat ik dat nooit zou doen; daarom zei ik van alles tegen mensen terwijl ik op het moment dat ik de bemoedigende of aangename woorden uitsprak, al wist dat ik me ooit aan mijn woord zou houden. Daarom zei ik ook tegen Vilma dat ik van haar hield.'

'Waarom zei je dat?' vroeg ik, en ik was verbaasd hoe kalm en onverschillig mijn stem klonk.

'Omdat ze dat graag wilde horen,' zei hij luchtig. 'Omdat ze er haar hele leven op ingezet had om dit van mij te horen. En omdat jij het niet hebt verhinderd.'

'Ik?' zei ik schor, in de war, terwijl mijn keel werd dichtgeknepen door een eigenaardige spanning. 'Wat had ík kunnen doen?'

'Alles, Eszter,' zei hij, nu op onschuldige, bijna kinderlijke toon, met de stem van de jeugd. 'Alles. Waarom heb je mijn brieven niet beantwoord? Waarom zei je later ook niets, toen het wel mogelijk was? Waarom liet je de brieven liggen toen je bij ons wegging? Éva heeft ze gevonden.'

Nu kwam hij heel dicht bij me staan en boog zich over me heen.

'Heb jij die brieven gezien?' vroeg ik.

'Of ik ze gezien heb? Ik begrijp het niet, Eszter. Die brieven heb ik zelf geschreven.'

En ik hoorde aan zijn stem dat hij deze keer, misschien voor het eerst in zijn leven, niet loog.

XVII

'Laat me je nu iets vertellen,' zei hij, en hij leunde tegen de commode; hij stak een sigaret op en gooide de lucifer met een verstrooide beweging in het bakje van de visitekaartjes. 'Er is iets gebeurd tussen ons wat we niet meer met zwijgen kunnen afdoen. Mensen zwijgen soms een leven lang over datgene wat het belangrijkst is geweest. Soms zwijgen ze tot de dood erop volgt. Maar soms is er een gelegenheid om te spreken... en dan kun en mag je niet langer zwijgen. Ik denk dat de erfzonde in de bijbel ook zo'n soort zwijgen is. Er is een fundamentele, oeroude leugen in het leven; het duurt lang voordat we die in de gaten hebben. Wil je niet zitten? Ga zitten, Eszter, en luister even naar me. Nee, neem me niet kwalijk, maar deze ene keer wil ík aanklager en rechter zijn. Al die tijd was jij degene die het vonnis velde. Ga zitten, alsjeblieft.'

Hij sprak beleefd, bijna op bevelende toon.

'Zo,' zei hij, en hij schoof een stoel voor me. 'Kijk, Eszter, wij hebben het al twintig jaar over andere dingen. De zaak is niet zo eenvoudig. Jij werpt me mijn zonden voor de voeten – ook anderen doen dat –, en wat jullie zeggen is helaas waar. Je praat over een ring en over leugens, over beloften waar ik me niet aan gehouden heb, over wissels die ik niet betaald heb. Er is nog iets anders, Eszter. Iets wat erger is. Het is niet nodig om alles te weten... Ik wil mezelf niet vrijpleiten... maar deze details zijn niet meer bepalend voor mijn lot. Ik ben altijd een zwakke man geweest. Ik had graag iets willen doen in de wereld, en ik denk dat ik ook niet helemaal zonder talent was. Maar talent en ambitie hebben is te weinig. Nu weet ik dat het te weinig is. Er is nog iets anders nodig om iets te creëren... een speciale kracht, of discipline, of beide tegelijk, en ik denk dat dit karakter wordt genoemd... en deze gave of eigenschap mis ik. Het is een merkwaardig soort doofheid. Het is alsof je de muziek die je speelt heel goed kent, maar de tonen niet kunt horen. Toen ik je leerde kennen, wist ik dit nog niet zo precies als ik het je nu vertel, en wist ik ook niet dat jij voor mij het karakter was. Begrijp je?'

'Nee,' zei ik oprecht.

Het waren niet zijn woorden waar ik me over verwonderde, maar zijn toon, de manier waarop hij sprak. Ik had hem nog nooit zo horen spreken. Hij sprak als iemand die... Nee, het is bijna onmogelijk om deze toon te beschrijven. Hij sprak als iemand die iets ziet, een waarheid of ontdekking, die iets op het spoor is, nog niet de waarheid kan zeggen maar het visioen al dicht genaderd is en krampachtig probeert zijn indrukken wereldkundig te maken. Hij sprak als iemand die iets intuïtief voelt. Ik kende die toon niet van Lajos. Ik luisterde zonder een woord te zeggen.

'Het is zo eenvoudig,' zei hij. 'Je zult het gauw begrijpen. Jij was voor mij datgene wat ik miste: mijn karakter – of had dat tenminste moeten zijn. Een mens die geen karakter heeft, weet zoiets. Iemand die geen karakter heeft, of geen perfect karakter heeft, is in morele zin enigszins gehandicapt. Er zijn zulke mensen. Hij is als een wezen dat in alle andere opzichten perfect is, maar een arm of een been mist. Zulke mensen krijgen een kunstarm of een kunstbeen en zijn ineens in staat om te werken en om een nuttige bijdrage te leveren aan de wereld. Neem me de vergelijking niet kwalijk, maar jij had zo'n prothese voor me kunnen zijn. Een morele prothese. Ik hoop dat ik je niet beledigd heb,' zei hij teder, en hij boog zich naar me toe.

'Nee,' zei ik, 'maar ik geloof er niet in, Lajos. Karakter kan niet worden aangevuld. Moraal kan niet kunstmatig van de ene mens in de andere worden getransplanteerd. Dat zijn theorieën. Het spijt me.'

'Het is geen theorie. Moreel gevoel is niet iets erfelijks, maar een verworven eigenschap. De mens wordt zonder moraal geboren. De moraal van de wilden of van kinderen is anders dan de moraal van een zestigjarige rechter van het hooggerechtshof in Wenen of Amsterdam. De mens verwerft zijn moraal zoals hij zijn omgangsvormen en culturele ontwikkeling verwerft.' Hij sprak als een priester, in deskundige bewoordingen. 'Er zijn mensen die meer ontvankelijk zijn voor karakter; ja, er zijn genieën wat karakter betreft, zoals er grote musici en dichters zijn. Jij bent zo'n karaktergenie, Eszter. Nee, zeg niet dat het niet waar is. Dit is wat ik voelde bij jou. Ik ben in morele zaken doof, bijna een analfabeet. Daarom zocht ik mijn toevlucht bij jou; ik denk dat het vooral daarom was.'

'Ik geloof daar niet in,' zei ik koppig. 'Maar al was het zo, Lajos, je kunt niet van iemand verlangen dat ze een leven lang moreel onvolmaakte wezens onder haar hoede neemt. Een vrouw kan niet haar hele leven in moreel opzicht een kindermeisje zijn.'

'Hoezo, een vrouw,' zei hij met een ongeduldig handgebaar. 'Het gaat over jou, Eszter. We hebben het over jou,' zei hij, snel en beleefd.

'Een vrouw,' zei ik, en ik voelde dat het bloed me naar het hoofd steeg. 'Ik weet dat het over mij gaat. Ik heb er genoeg van om een leven lang een vals ideaal te belichamen. Begrijp het eindelijk eens een keer. Het heeft nu geen enkele zin meer om dit te zeggen, maar misschien heb je wel gelijk dat het niet mogelijk is om een leven lang te zwijgen. Ik geloof niet in jouw theorieën, maar ik geloof in de waarheid, Lajos. De waarheid is dat je me bedrogen hebt; vroeger, toen men zich wat romantischer uitdrukte, zou men gezegd hebben dat je met me hebt gespeeld. Je bent een eigenaardige speler... iemand die met hartstochten en mensen speelt in plaats van met kaarten. Ik was een van de dames in jouw spel. Maar op gegeven moment stond je op en liep je weg... Waarom? Omdat je er genoeg van had. Je ging gewoon weg omdat je het zat was. Dat is de waarheid. Dat is de gruwelijke, immorele waarheid. Iemand kan een vrouw weggooien als een leeg luciferdoosje omdat hij een gepassioneerd karakter heeft, omdat hij zich niet aan een vrouw kan binden, omdat hij hoge ambities koestert, omdat hij iedereen en alles als middel gebruikt. Dat kan ik begrijpen. Het is laag, maar het heeft iets menselijks. Ik kan het begrijpen. Maar iemand weggooien uit verstrooidheid... Dat is meer dan laag. Daarvoor is geen vergeving mogelijk, omdat het onmenselijk is. Begrijp je het nu?'

'Maar ik heb je gevraagd om met mij mee te gaan, Eszter,' zei hij zacht. 'Weet je het niet meer? Ja, ik was te zwak. Maar op het laatste moment kwam ik tot inkeer en begreep dat jij de enige was die me kon helpen; ik vroeg je om met mij mee te gaan, ik heb je gesmeekt. Herinner je je mijn brieven niet meer?'

'Ik weet niks van brieven,' zei ik, en ik hoorde met schrik dat mijn stem ongewoon scherp was, bijna krijsend. 'Dit zijn allemaal leugens. De brieven zijn leugens, evenals de ring en alles wat je me ooit gezegd of beloofd hebt. Ik weet niets van die brieven, ik geloof niets van die brieven. Ik heb net van Éva gehoord dat ze brieven gevonden heeft... in het rozenhouten kistje... Hoe moet ik weten wat daarvan waar is? Ik geloof jou niet! Éva ook niet. Het verleden ook niet. Alles is een leugen, een samenzwering, een gespeelde theatrale scène met theaterrekwisieten, oude brieven en eden die nooit uitgesproken zijn. Ik ga nooit meer naar het theater, Lajos. Ik ben al vijftien jaar niet meer naar het theater geweest, en ik ga ook nergens anders naartoe. Ik weet wat de werkelijkheid is, begrijp je? De werkelijkheid! Kijk me aan. Dit is de werkelijkheid. Ik ben oud. Het leven loopt ten einde, zoals je daarnet zo ontroerend en theatraal hebt gezegd. Ja, het is afgelopen, en het komt door jou dat het op die manier voorbijgegaan is, zo leeg en leugenachtig, dat ik hier alleen achterbleef als een oude vrijster die zuinig met haar gevoelens is geweest en uiteindelijk honden en een katten gaat houden. Jij weet dat ik nooit zuinig ben geweest, ik had nooit honden en katten om me heen... Ik had mensen om me heen.'

'Ja,' zei hij zakelijk, met zijn hoofd schuldbewust gebogen. 'Dat is heel gevaarlijk.'

'Ja, heel gevaarlijk,' zei ik, onwillekeurig zachter, en zweeg daarna. Ik had nog nooit in één keer zo veel en zo hartstochtelijk gepraat. Nu was ik buiten adem.

'Laten we erover ophouden,' zei ik. Plotseling voelde ik me zwak. Ik wilde niet huilen; ik zat met gevouwen armen, kaarsrecht, maar ik moet erg bleek zijn geweest, want Lajos vroeg geschrokken: 'Wil je een glaasje water? Zal ik iemand halen?'

'Dat hoeft niet,' zei ik. 'Het is niet belangrijk. Ik ben kennelijk niet meer gezond. Kijk, Lajos, het is mogelijk om aan iemands woorden of gevoelens te twijfelen, en toch een leven of een relatie met hem op te bouwen op een wankele basis. De grond waarop gebouwd wordt is dan drijfzand, zoals men pleegt te zeggen. Je weet dat je bouwsel op een dag ineen zal storten... en toch heeft die onderneming iets werkelijks, iets menselijks en noodlottigs. Maar wie het lot heeft toebedeeld gekregen om op jou te moeten bouwen, die heeft het het slechtst getroffen, want op een dag blijkt alles in de lucht gebouwd te zijn, in het niets. Andere mensen liegen omdat dat hun natuur is, omdat hun belangen dat voorschrijven of door een plotselinge ingeving. Maar jij liegt zoals de regen valt; jij kunt liegen door tranen en door daden. Dit moet heel moeilijk zijn. Soms denk ik echt dat je een genie bent... een geniale leugenaar. Je kijkt me in de ogen of raakt me aan, je tranen stromen, ik voel je handen trillen, en intussen weet ik dat je liegt, dat je altijd hebt gelogen, vanaf het allereerste ogenblik. Je hele leven is een leugen geweest.

Ook in je dood geloof ik niet, ook die zal een leugen zijn. Ja, je bent een genie.'

'Hier, alsjeblieft,' zei hij rustig. 'In elk geval heb ik de brieven voor je meegenomen. Ik had ze tenslotte aan jou geschreven. Hier zijn ze.'

En met een eenvoudig, gedienstig gebaar haalde hij de drie brieven uit zijn jaszak en overhandigde ze mij.

XVIII

De inhoud van de brieven interesseerde me niet al te zeer op dat moment; ik kende de briefschrijfkunst van Lajos. Maar de enveloppen bekeek ik zorgvuldig. Op alle drie stond mijn naam in het handschrift van Lajos, en de datum van de poststempel bewees dat de brieven inderdaad tweeëntwintig jaar geleden naar mijn adres waren gestuurd, de week voor de bruiloft van Vilma en Lajos. Het staat vast dat ik die brieven nooit gekregen heb. Iemand had ze onderschept. De diefstal moet niet bijzonder moeilijk zijn geweest: de post werd door Vilma van de postbode in ontvangst genomen, waar ze altijd met bijzondere nieuwsgierigheid naar uitkeek, en ook de sleutel van de brievenbus werd door haar bewaard. Ik bekeek de drie enveloppen nauwkeurig en gooide ze op het blad van de commode naast het portret van Vilma.

'Wil je ze niet lezen?' vroeg Lajos.

'Nee,' zei ik. 'Waarom zou ik? Ik geloof dat erin staat wat je hebt gezegd. Het doet er niet veel toe.' En ik zei, bijna blij met de vondst van het woord: 'Jij kunt ook met feiten liegen.'

'Heb jij deze brieven nooit gekregen?' vroeg Lajos rustig, alsof hij zich weinig van mijn verwijten aantrok.

'Nee, nooit.'

'Wie heeft mijn brieven gestolen?'

'Wie ze gestolen heeft? Vilma. Wie anders? Wie had er belang bij?'

'Natuurlijk,' zei hij. 'Niemand anders kan het gedaan hebben.'

Hij stapte naar de kast, bekeek de postzegels en de data van de brieven; vervolgens boog hij zich over het portret van Vilma, gemoedelijk en met een belangstellende glimlach, terwijl er kringelende rookslierten opstegen van de sigaar tussen zijn vingers. Hij keek geconcentreerd naar de foto, alsof ik niet eens in de kamer was; hij schudde zijn hoofd en floot zachtjes, met het goedkeurende geluid waarmee een inbreker zijn waardering zou kunnen uitdrukken voor het werk van een andere inbreker. Zo stond hij daar, wijdbeens, met één hand in zijn jaszak, en in de andere de brandende sigaar, met de tevredenheid van een vakman.

‘Mooi werk,’ zei hij toen; hij draaide zich naar mij toe en bleef op één pas afstand voor me staan. ‘Maar wat wil je dan van mij? Wat is dan mijn misdaad? Mijn schuld? Mijn falen? Waarin heb ik gelogen? In de details. Maar er is een moment geweest’ – en hij wees naar de brieven – ‘toen ik niet loog, toen ik mijn hand uitstak omdat ik duizelig werd, zoals een koorddanser duizelig wordt tijdens het optreden. Toen hielp je me niet. Niemand stak een hand uit. Dus ik danste verder, zo goed ik kon, want wie net over de dertig is, heeft geen zin om in de diepte te storten... Je weet dat ik geen bijzonder gevoelig of hartstochtelijk type ben. Ik was geïnteresseerd in het leven. De kansen...zoals jij daarnet zei, het spel... Ik ben er niet de man naar, nooit geweest ook, om alles op één vrouw in te zetten, op een amoureuze hartstocht... Ook tot jou werd ik niet door een onweerstaanbare passie gedreven, ik kan het je nu wel vertellen. Je ziet, ik wilde je niet aan het huilen maken, ik heb het niet nodig om je week te maken. Het zou ook lachwekkend zijn. Ik ben niet gekomen met een verzoek. Ik ben gekomen om te eisen. Begrijp je het nu?’ vroeg hij zacht, ernstig en vriendelijk.

‘Eisen?’ zei ik geluidloos. ‘Interessant. Eis dan.’

‘Ja,’ zei hij. ‘Ik zal het proberen. Volgens de papieren en de wetten kan ik uiteraard niets van jou eisen. Maar er is ook een andere wet. Misschien weet je het nog niet, maar het moment is nu gekomen dat je het wel moet weten: naast de wet van de deugdzaamheid is er ook een andere wet, die even machtig is en evenveel geldigheid heeft... Hoe moet ik het zeggen... Vermoed je het al? De mensen kunnen dit bewustzijn meestal niet verdragen. Je moet weten dat mensen niet alleen door woorden, eden en beloften aan elkaar zijn gebonden; zelfs gevoelens en sympathieën zijn niet bepalend voor echte relaties. Een andere wet, die harder en strenger is, bepaalt dat de ene mens met de andere verbonden is... zoals twee medeplichtigen. Deze wet heeft bepaald dat ik met jou verbonden ben. Ik kende deze wet. Twintig jaar geleden ook al. Ik wist het meteen toen ik je ontmoette. Het heeft geen zin om nu bescheidenheid voor te wenden: ik denk, Eszter, dat ik toch het sterkste karakter heb van ons beiden. Natuurlijk geen karakter in zedelijke zin, zoals het in de handboeken over moraal staat. Maar toch ben ik, onstandvastig, ontrouw, een wegloper, degene die met zijn hele wil vanbinnen trouw heeft kunnen blijven aan die andere wet, waarvan in de boeken en de tafelen der wet niets te vinden is. Toch is deze wet de echte. Het is een harde wet... Luister. De wet van de wereld zegt dat je moet afmaken wat je eenmaal begonnen bent. Dit is niet bijzonder plezierig. Niets komt op tijd, het leven geeft niets op het moment waarop we ervoor klaarstaan. Lange tijd doet deze slordigheid, dit uitstel pijn. We menen dat iemand een spel met ons speelt. Maar op een dag merken we dat alles in een wondermooi geordend systeem past... Twee mensen kunnen elkaar geen dag eerder ontmoeten dan wanneer ze er rijp voor zijn... Niet in hun neigingen en grillen, maar vanbinnen, volgens een onontkoombare astronomische wet, zoals hemellichamen elkaar ontmoeten in de eindeloze ruimte en tijd, met haarscherpe precisie, in de seconde die hún seconde is in de oneindige tijd van miljarden jaren in de grenzeloze ruimte. Ik geloof niet in toevallige ontmoetingen. Ik ben een man en ik heb veel vrouwen gekend... Excuseer mij, maar ik móét hierover praten... Ik heb mooie, gedreven vrouwen gekend, vrouwen die door de adem van de duivel leken te worden aangevuurd, heldinnen die in de sneeuw in Siberië een man achternastrompelden; ik heb fantastische vrouwen gekend, die wisten hoe ze moesten helpen en die een tijdje de enorme eenzaamheid van het leven konden verdrijven. Ja, ik heb ze allemaal gekend,' zei hij zacht, meer tegen zichzelf, alsof hij herinneringen ophaalde.

Toen hij zweeg, zei ik ongemakkelijk: 'Ik ben blij dat je op een dag toch bij mij teruggekomen bent en me verslag uitbrengt van je contacten.'

Maar ik had onmiddellijk spijt van deze woorden; ze pasten niet bij mij en ook niet bij de woorden die Lajos zojuist had uitgesproken. Hij keek me rustig aan en knikte verstrooid.

'Wat had ik dan moeten doen, als ik al die tijd op jou zat te wachten?' zei hij, bijna vriendelijk, zonder nadruk, elegant en bescheiden. 'Wat had ik moeten doen,' zei hij nu luider, 'en wat kun jij beginnen met deze late liefdesverklaring, die op onze leeftijd geen inhoud en geen moraliteit heeft? Het past niet om zoiets te zeggen. Maar het doet er niet toe wat wel en niet past als de waarheid uitgesproken moet worden. Zie je, Eszter, het weerzien is bijna raadselachtiger en spannender dan de eerste ontmoeting... Ik weet dit allang. Iemand weerzien van wie je houdt: is dat niet zoiets als terugsluipen naar de "plaats van de misdaad", door een onweerstaanbare kracht gedreven, zoals in de misdaadromans beschreven wordt? Jij bent de enige van wie ik ooit gehouden heb in mijn leven, niet met strenge maatstaven en ook niet consequent, ik weet het... En toen gebeurde er iets, en er ging niet alleen iets mis met de brieven die door Vilma werden gestolen. Daar kan het niet aan gelegen hebben. Jij wilde deze liefde niet echt. Verdedig je niet. Het is niet genoeg om van iemand te houden. Je moet ook moed hebben. Je moet met zoveel moed van iemand houden dat geen dief, geen boze intentie, geen wet – van God of mens – iets tegen die liefde kan doen. Onze liefde was niet moedig genoeg... Dat was het probleem. En dat is jouw schuld, want de moed van een man is lachwekkend in de liefde. De liefde is jullie werk... het enige waarin jullie groot zijn. Hierin heb jij gefaald, en daarmee is alles mislukt wat er had kunnen zijn, wat een plicht was, een opdracht, de inhoud van het leven. Het is niet waar dat mannen verantwoordelijk zijn voor een liefdesrelatie. Liefde moet heldhaftig zijn. Maar wat jij hebt gedaan is het ergste wat een vrouw kan doen: je bent beledigd op de vlucht geslagen. Geloof je het nu?'

'Waartoe dient dat?' vroeg ik. 'Wat heeft het voor nut als ik het geloof of beken, of erin berust? Wat hebben we daar nu aan?' vroeg ik, en mijn stem klonk zo vreemd alsof iemand in de kamer ernaast zat te praten.

'Daarom ben ik gekomen,' zei hij, zachter, want het schemerde en ook in de kamer praatten we zachter, alsof in de schemering alles valer werd, ook de voorwerpen en alles wat we tegen elkaar zeiden. 'Ik vond dat je moest weten dat het niet mogelijk is voor mensen om iets eigenmachtig te beëindigen, ergens voortijdig mee op te houden... Het is onmogelijk!' zei hij, en hij lachte tevreden. Hij zag er nu uit alsof hij in zijn handen wreef van plezier, als een kaartspeler die onder het kaarten tot zijn verbazing en vreugde merkt dat hij een spel gewonnen heeft dat hij al als verloren beschouwde. 'Wij hebben een band met elkaar, zelfs nu nog, nu tijd en afstand alles vernietigd hebben wat we ooit met elkaar hebben opgebouwd. Begrijp je het nu? Jij bent verantwoordelijk voor alles wat er met mij gebeurd is in het leven, net zoals ik verantwoordelijk ben voor jou... op mijn manier... ja, op de manier waarop een man dat kan zijn. Op een dag moest je dat beseffen. Je moet meegaan met mij, met ons. We nemen ook Nunu mee. Luister, Eszter, één keer zul je me toch moeten geloven. Welk belang zou ik erbij hebben om iets anders te zeggen dan de waarheid, de ultieme, dodelijke waarheid? De tijd brandt alles in ons op, alle leugens. Wat overblijft is de waarheid. Het is overgebleven dat jij een band met mij hebt, ook al ben je op de vlucht geslagen, ook al was en ben ik zoals ik ben... Nee, ik geloof ook niet dat een mens verandert. Jij hebt iets met mij, ook al weet je dat ik niet veranderd ben, dat ik nog steeds de oude, gevaarlijke, onbetrouwbare Lajos ben. Je kunt het niet ontkennen. Waarom buig je je hoofd? Wacht, ik zal even deze lamp aansteken... Hebben jullie nog steeds geen stroom hier? Kijk, het is al bijna helemaal donker.'

Hij liep naar het venster, keek naar buiten en sloot daarna de ramen. Maar hij stak de lamp die op de tafel stond niet aan. Zo vroeg hij in het donker: 'Waarom kijk je me niet aan?' En toen ik geen antwoord gaf, zei hij uit de verte in het halfduister: 'Als je zo zeker bent van je gelijk, waarom kijk je me dan niet aan? Ik heb geen enkele macht over jou. Ik heb geen rechten. En toch kun je niets tegen me doen. Je kunt me wegsturen, en toch kun je niets tegen me doen. Je kunt me aanklagen, en toch weet je dat jij de enige bent ten opzichte van wie ik onschuldig ben. En toch ben ik degene die op een dag teruggekomen is... Geloof jij nog in zulke woorden als trots? Tussen mensen die door het noodlot aan elkaar gebonden zijn, bestaat geen trots. Jij gaat met ons mee. We maken alles in orde. Wat er gaat gebeuren? We leven gewoon verder. Misschien heeft het leven nog iets voor ons in petto. We zullen in stilte leven. De wereld heeft mij al vergeten. Jij zult er met mij, met ons leven. Het kan ook niet anders,' zei hij luid, geprikkeld, alsof de waarheid die hij definitief begrepen had zo eenvoudig was, helder als glas, dat hij zich schaamde om er iets over te zeggen. 'Ik vraag je niets anders dan dat je één keer, de laatste keer in het leven, trouw blijft aan het gebod dat de zin en de inhoud van jouw leven is.'

Ik zag hem nauwelijks in het donker.

'Heb je me begrepen?' vroeg hij uit de verte op rustige toon. Het was alsof zijn stem uit het verleden klonk.

'Ja,' zei ik onwillekeurig, alsof ik in mijn slaap praatte.

Op dat moment begon die merkwaardige toestand van

verdoving die een slaapwandelaar moet voelen als hij begint aan zijn wandeling vol gevaren; ik begreep alles wat er om me heen gebeurde; ik begreep de betekenis van mijn woorden en daden; ik zag de mensen om me heen scherp, ook datgene wat versluierd wordt door manieren en gewenning; en tegelijkertijd wist ik dat ik buiten mezelf was en dat het in die toestand was dat ik zo verstandig en vastberaden handelde; het was in een soort slaap waarin ik buiten mezelf trad. Ik was kalm, bijna vrolijk. Ik voelde me licht en zorgeloos. Ik had op dat moment inderdaad iets begrepen door de woorden van Lajos, iets wat een sterker en zinniger gebod was dan alles wat hij tegen mij of voor zijn plan te berde kon brengen. Ik geloofde natuurlijk geen woord van wat hij zei... maar ik vond dit ongeloof vermakelijk. Terwijl Lajos sprak, begreep ik iets, maar ik had de betekenis van deze geruststellende, eenvoudige waarheid niet in consequente bewoordingen kunnen uitleggen. Lajos loog natuurlijk ook nu weer... ik wist niet wat precies een leugen was, maar hij loog. Misschien loog hij niet eens met woorden en gevoelens, maar met zijn wezen, met het feit dat hij Lajos was en niet anders kon, nu evenmin als vroeger. Opeens merkte ik dat ik moest lachen; ik barstte in lachen uit, niet sarcastisch, maar oprecht vrolijk. Lajos begreep dit lachen niet.

'Waarom lach je?' vroeg hij argwanend.

'Het is niets,' zei ik. 'Praat gerust verder.'

'Stem je toe?'

'Ja,' zei ik. 'Waarin? O ja, natuurlijk.'

'Goed,' zei hij. 'Wel, dan... Kijk, Eszter, je moet niet denken dat er ook maar iets kan gebeuren wat voor jou nadelig is of jouw belangen schaadt. De dingen moeten geregeld worden, eenvoudig en eerlijk. Jij gaat met me mee... Nunu ook... misschien niet meteen... iets later. Éva gaat trouwen. Ze moet "vrijgekocht" worden,' zei hij zachter, alsof we een geheim deelden. 'Ik moet ook vrijgekocht worden... Je kunt het nog niet begrijpen... Vertrouw je me?' vroeg hij zacht en onzeker.

'Ga verder,' zei ik, net zo zacht, op de vertrouwelijke toon van samenzweerders. 'Natuurlijk vertrouw ik je.'

'Dat is het enige dat belangrijk is,' mompelde hij tevreden.

'Je moet niet denken,' zei hij luider, 'dat ik misbruik wil maken van jouw vertrouwen. Ik wil niet dat je onder vier ogen dit besluit neemt. Ik ga Endre halen. Hij is een vriend van de familie en hij is ook notaris, een officieel persoon. Je moet in zijn bijzijn tekenen,' zei hij genereus.

'Wat tekenen?' vroeg ik fluisterend, als een samenzweerder die de taak al op zich genomen heeft en zich alleen nog op de hoogte wil stellen van de details.

'Dit document,' zei hij. 'Dit stelt ons in de gelegenheid om alles in orde te maken, zodat je met ons mee kunt gaan en samen met ons kunt leven daar.'

'Met jou?' vroeg ik.

'Met ons,' zei hij met meer onzekerheid in zijn stem. 'Met ons. Dicht bij ons.'

'Wacht even,' zei ik. 'Voordat je Endre gaat halen... voordat ik ga tekenen... wil je me misschien één ding nog wat duidelijker maken... Jij wilt dat ik alles hier achterlaat en met jou meega. Zoveel heb ik begrepen. En dan, wat gaat er dan gebeuren? Waar zal ik leven, dicht bij jou?'

'Wij dachten,' zei hij langzaam, bedachtzaam, enigszins in algemene termen, 'aan een plek vlak bij ons. Onze woning is helaas niet geschikt...maar er is een tehuis vlakbij, waar alleenstaande dames van goeden huize... Het is heel dichtbij. We kunnen elkaar vaak zien,' zei hij welwillend, op bemoedigende toon.

'Een soort armenhuis, nietwaar?' vroeg ik rustig.

'Armenhuis!' zei hij beledigd. 'Wat een woord. Ik zeg je toch: het is een tehuis, waar echte dames van goeden huize wonen... Zoals jij en Nunu.'

'Zoals ik en Nunu,' zei ik.

Hij bleef nog even wachten. Toen liep hij naar de tafel,

zocht naar lucifers en stak met een ongeoefende, aarzelende beweging de tafellamp aan.

'Denk erover na,' zei hij. 'Denk er goed over na, Eszter. Ik ga Endre halen. Neem niet te snel een besluit. En lees dit document door voordat je tekent. Lees het aandachtig.'

Uit de binnenzak van zijn jas haalde hij een in vieren gevouwen vel papier te voorschijn en legde het met een bescheiden handbeweging op tafel. Hij nam me nog een keer op van top tot teen, met een bemoedigende, vriendelijke glimlach; daarna boog hij even en verliet met snelle, jeugdige tred de kamer.

XIX

Toen Endre een paar minuten later mijn kamer binnenkwam, had ik het document, een soort contract, al ondertekend. Daarin machtigde ik Lajos om het huis en de tuin te verkopen. Het was een serieus contract vol juridische termen en de tekst was geschreven in de wijdlopige, exacte stijl waarin testamenten en huwelijkscontracten worden opgesteld. Lajos noemde het geschrift een 'bilateraal contract'. De ene partij was ik, de andere Lajos, die zich in ruil voor het bezit van het huis en de tuin verplichtte om 'levenslang op waardige wijze' voor Nunu en mij te zorgen. De condities van deze zorg waren niet nader omschreven.

'Lajos heeft mij alles verteld,' zei Endre, toen we tegenover elkaar zaten aan de ronde tafel. 'Het is mijn plicht om u te waarschuwen dat Lajos een schurk is.'

'Ja,' zei ik.

'Ik moet u waarschuwen dat het plan en de intentie waarmee hij bij u binnendringt gevaarlijk is, zelfs wanneer Lajos zich aan de voorwaarden van het contract zou houden. Dankzij Nunu en de tuin kon u hier samen op bescheiden, doch rustige wijze leven. De plannen van Lajos klinken misschien romantisch voor een buitenstaander... Maar ik geloof niet in de romantische gevoelens van Lajos. Ik ken hem goed, ik ken hem al vijfentwintig jaar. Zo iemand als Lajos, iemand met dit karakter, verandert niet.'

'Nee,' zei ik, 'hij zegt zelf ook dat hij niet verandert.'

'O ja, zegt hij dat ook?' vroeg Endre. Hij zette zijn bril af en keek me verlegen aan, terwijl hij bijziend met zijn ogen knipperde. 'Het doet er niet toe wat hij zegt. Hij was nu oprecht? Heel oprecht? Het is niet van belang. Ik heb al eens eerder van die oprechte scènes met Lajos meegemaakt. Twintig jaar geleden, als u het zich nog herinnert... Ik heb twintig jaar lang gezwegen. Maar nu is het moment gekomen om het te vertellen. Twintig jaar geleden, toen de oude Gábor, uw vader... excuseer mij, hij was een goede vriend van me, bijna als een broer... Dus twintig jaar geleden, toen uw vader overleed, en ik, als zijn vriend en als notaris, de trieste taak toebedeeld kreeg om de zaken rond de nalatenschap te regelen, kwam uit dat Lajos wissels had vervalst op de naam van de oude man. Wist u daarvan?'

'Vaag,' zei ik. 'Er werd gepraat... Maar er was geen bewijs.'

'Jawel, er was wel een bewijs,' zei hij, en hij ging door met het poetsen van zijn bril. Ik had hem nog nooit zo in verlegenheid gezien. 'In de nalatenschap vonden we het bewijs dat de wissels door Lajos waren vervalst. Als we toen niet alles geregeld hadden... dan had u het huis en de tuin niet kunnen houden. Ik kan het nu wel vertellen. Het was niet gemakkelijk... Om kort te gaan: toen heb ik zo'n scène met Lajos meegemaakt. Het staat me nog helder voor de geest: zo'n scène vergeet je je leven lang niet. Ik herhaal: Lajos is een schurk. Ik was de enige onder u die niet vatbaar was voor zijn goochelkunst. Hij weet dat, hij weet het heel goed... Hij is bang voor mij. Nu hij dit huis binnendringt en kennelijk alles mee wil nemen wat overgebleven is en u wil beroven van de rust in uw leven, dit bescheiden eilandje waarop u zich na de schipbreuk hebt teruggetrokken, is het mijn plicht om u te waarschuwen. Toegegeven, Lajos gaat nu voorzichtiger te werk. Zonder wissels. Blijkbaar is hij weer in het nauw gedreven en heeft hij geen andere manier om te ontsnappen dan hier voor de laatste keer terug te komen en alles mee te nemen wat nog over is... Als u hem het huis en de tuin schenkt, kunt u er later langs officiële weg niets meer tegen doen. Niemand kan iets tegen hem doen... Alleen ik... Als u het wilt...'

'Wat kunt u doen?' vroeg ik verbaasd.

Hij boog zijn hoofd en keek naar zijn plompe knoopschoenen.

'Wel, ik...' zei hij vol gêne en schaamte. 'U moet weten dat ik toen de lichtzinnigheid heb gehad om Lajos te redden. Ik heb hem uit de gevangenis gehouden. Hoe? Het doet er niet meer toe. De wissels moesten toen betaald worden om te zorgen dat u hier in het huis kon blijven. Ik wilde niet Lajos redden. Om een lang verhaal kort te maken: we hebben de zaak met de wissels in orde gemaakt. En u bent hier gebleven, in vrede en rust. En ik heb Lajos laten lopen. Maar de wissels, de bewijzen van het delict, heb ik bewaard. Voor de wet is dit allemaal al verjaard. Maar Lajos weet dat ik hem in mijn macht heb, zelfs als hij al uit de klauwen van de wet is ontsnapt.' Hij stond nu op en zei bijna plechtig: 'Wilt u mij machtigen om met Lajos te praten en hem dit... eh... papier terug te geven en de bezoekers de deur te wijzen? Ze zullen weggaan als ik dat wil, geloof me,' zei hij rustig.

'Ik geloof u,' zei ik.

'Wel, dan...' zei hij gedecideerd, en hij zette zich in beweging.

'Ik geloof u,' zei ik snel, en mijn adem stokte. Ik voelde dat Endre dit onmogelijk kon begrijpen; hij zou er niet in berusten, het nooit helemaal accepteren. 'Ik dank u uit het diepst van mijn hart. Ik begrijp het nu pas, en ik kan u niet goed bedanken. Want blijkbaar danken wij alles wat hier na de dood van vader overgebleven is aan u. Als u er niet was geweest, dan was twintig jaar geleden al... Dan hadden we het huis en de tuin niet gehad, dan hadden we helemaal niets gehad. Dan was alles anders gelopen, ook mijn leven... Dan had ik ergens anders geleefd, onder vreemden... Is het niet zo?'

'Niet helemaal,' zei hij ongemakkelijk. 'En ik was het niet alleen... Nu mag ik het misschien wel vertellen... Tibor heeft het toen verboden. Hij heeft ook geholpen. Als vriend van de oude Gábor heeft hij graag en met plezier geholpen. We waren het allemaal verplicht,' zei hij gekweld, zachtjes en verlegen.

'O, Tibor...' zei ik, en ik begon zenuwachtig te lachen. 'Zo leef je zonder iets te weten,' zei ik daarna snel. 'Je weet niet dat er iets heel ergs met je is gebeurd, en tegelijk iets heel moois. Het is onmogelijk u hiervoor te bedanken. Maar het is des te moeilijker...'

'Om Lajos weg te sturen?' vroeg hij ernstig.

'Ja, om Lajos weg te sturen...' herhaalde ik werktuiglijk. 'Ja, het zal nu moeilijk zijn. Hij gaat hier straks natuurlijk wel weg, met zijn kinderen en die vreemde mensen... Ze vertrekken zo, ze willen bij daglicht reizen. Lajos gaat hier weg. Maar het huis en de tuin... Tja, die heb ik aan hem gegeven. Ik heb dit document ondertekend, en ik zou u willen vragen om met hem te praten over Nunu... Hij moet beloven dat hij voor haar zal zorgen. Nee, zijn belofte is natuurlijk niets waard, u hebt gelijk... Dit zou juridisch sluitend gemaakt moeten worden, in een officieel document, iets wat geldigheidswaarde heeft... Hij zal een deel van de verkoopprijs moeten reserveren voor Nunu. Zij heeft niet veel meer nodig, de arme... Is dat mogelijk?'

'Ja,' zei hij. 'Alles is mogelijk. Maar wat gaat er met u gebeuren?'

'Ja, wat gaat er met mij gebeuren?' zei ik. 'Daar gaat het nu juist om. Lajos heeft voorgesteld dat ik hier weg zou gaan en vlak bij hem zou gaan wonen... Niet direct met hem... Daarover heeft hij zich niet in detail uitgelaten. Maar het is ook niet van belang...' zei ik snel toen ik zag dat hij me somber aankeek, zijn hand hief en op het punt stond om me in de rede te vallen. 'Ik wil het u, en Tibor en Laci, die allemaal zo goed voor me zijn geweest, uitleggen... Nunu hoef ik het niet uit te leggen, zij begrijpt het... Zij is de enige die misschien uiteindelijk begrijpt dat alles exact zo heeft moeten gebeuren, twintig jaar geleden en ook nu. Zij zal het misschien begrijpen. Ik denk dat alleen vrouwen dit kunnen begrijpen, vrouwen die niet jong meer zijn en niets meer van het leven verwachten... Zoals Nunu en ik.'

'Ik begrijp het niet,' zei hij ontstemd.

'Ik wil ook niet dat u het begrijpt,' zei ik, en ik had graag zijn hand vast willen pakken of met mijn vingertoppen zijn oude, bebaarde gezicht willen aanraken, waarvan de bezorgdheid af te lezen was, een droevig en wijs mannengezicht, het gezicht van een man die zich nooit aan mij had opgedrongen, terwijl ik het aan hem te danken had dat ik twintig jaar van mijn leven onder fatsoenlijke, menswaardige omstandigheden heb kunnen leven. 'U bent een man, een uitstekende, echte man, en u kunt niet anders dan consequent denken, tot het einde toe, zoals de wet, de gewoonte en de rede dat wijselijk voorschrijven. Maar wij vrouwen kunnen niet altijd zo wijs en consequent zijn... Ik begrijp nu dat dit niet onze taak is. Als ik twintig jaar geleden werkelijk wijs en eerlijk was geweest, dan was ik 's nachts uit dit huis weggelopen met Lajos, de verloofde van mijn zus – Lajos de vervalser, de notoire leugenaar, het uitschot van de mensheid, zoals Nunu zou zeggen, die van zulke krachtige uitdrukkingen houdt. Dat is wat ik had moeten doen, als ik twintig jaar geleden moedig, wijs en eerlijk was geweest. Wat zou er dan gebeurd zijn? Ik weet het niet. Waarschijnlijk niets, niets wat bijzonder prettig of opwekkend is. Maar dan zou ik tenminste gehoorzaamd hebben aan een wet, een gebod, dat sterker is dan de wetten van de wereld en de rede... Begrijpt u het nu? Want ik heb het begrepen... zozeer zelfs dat ik dit huis aan Lajos en Éva geef, omdat ik het hun verschuldigd ben... Alles wat ik nog heb, ben ik hun verschuldigd... En daarna zullen we wel zien.'

'Gaat u hier weg?' vroeg hij zacht.

'Ik weet het niet,' zei ik. Plotseling voelde ik me heel moe. 'Ik weet nog niet zo in detail hoe mijn leven zal worden. Maar in elk geval wil ik u vragen om Lajos dit document te geven... Ja, ik heb het al ondertekend... en u moet er nog een of andere harde officiële clausule in zetten om te zorgen dat het kleine beetje dat Nunu nog nodig heeft, niet verloren gaat door toedoen van Lajos. Wilt u me dat beloven?'

Maar hij gaf geen antwoord op mijn vraag. Hij pakte het document met twee vingers aan, als een vuil en verdacht voorwerp.

'Tja...' zei hij zachtjes. 'Dat wist ik natuurlijk niet.'

Ik pakte zijn hand maar liet hem meteen weer los.

'Neemt u me niet kwalijk,' zei ik, 'maar niemand heeft mij hierover iets gevraagd, twintig jaar lang niet. U niet, Tibor niet... En misschien wist ik het zelf ook niet met de genadeloze zekerheid waarmee ik het sinds vanmiddag weet. Lajos heeft gelijk; Lajos, die zegt dat het leven een onzichtbare orde heeft en dat je moet afmaken wat je eenmaal begonnen bent... Zo goed en zo kwaad als het kan... Wel, nu hebben we het afgemaakt...' zei ik, en ik stond op.

'Ja,' zei hij, met het document in zijn hand, met gebogen hoofd. 'Het is misschien overbodig om te zeggen, maar als u er spijt van krijgt... nu of in de toekomst... zijn wij er altijd, Tibor en ik.'

'Dat is werkelijk overbodig om te zeggen,' zei ik, en ik probeerde te glimlachen.

XX

Tegen middernacht hoorde ik de stappen van Nunu; ze klom langzaam de krakende, vermolmde treden op en stond om de drie treden stil om te hoesten. Evenals op hetzelfde uur de nacht ervoor bleef ze weer stilstaan op de drempel met de flakkerende kaars in haar hand, in de kleren die ze overdag had gedragen, haar enige zwarte zondagse jurk, die ze in alle drukte nog niet had uitgedaan.

'Je slaapt nog niet,' zei ze, en ze ging naast me op het bed zitten; ze zette het stompje van de kaars op het tafeltje.

'Wist je dat ze het ingemaakte fruit hebben meegenomen?'

'Nee,' zei ik; ik ging rechtop in bed zitten en begon te lachen.

'Alleen de perziken,' zei ze zakelijk. 'Alle twintig potten. Ook de bloemen hebben ze meegenomen, de dahlia's uit de tuin die nog over waren. Het doet er niet toe. Tegen het midden van de week zouden ze toch al uitgebloeid zijn.'

'Wie heeft de bloemen meegenomen?' vroeg ik.

'Die vrouw.'

Ze hoestte even, vouwde haar armen en zat met een rechte rug, kalm en zelfbewust, zoals in alle situaties van het leven. Ik pakte haar benige hand, die koud noch warm was.

'Ze mogen ze hebben, Nunu,' zei ik.

'Natuurlijk' beaamde zij. 'Ze mogen ze hebben, kind. Als het nu eenmaal niet anders kan.'

'Ik kon niet bij het diner zijn', zei ik, en ik kneep met een verontschuldigend gebaar in haar hand. 'Het spijt me. Waren ze niet verbaasd?'

'Nee, ze deden niet veel anders dan zwijgen. Ik denk dat ze niet verbaasd waren.'

We keken nu naar de flakkerende vlam van het stompje. Ik had het koud.

'Nunu, liefje,' vroeg ik. Wil je de ramen dichtdoen? En daar op de commode liggen drie brieven. Zou je zo vriendelijk willen zijn om ze me te geven?'

Ze liep langzaam door de kamer, en haar schaduw werd af en toe reusachtig groot op de muur. Ze sloot de ramen, pakte de brieven, dekte me toe, ging weer op de rand van het bed zitten, met de armen gevouwen, nogal plechtig, in haar zondagse kleren, alsof ze op een merkwaardige, groteske plechtigheid van het leven was verschenen... een plechtigheid die afwijkt van gewone plechtigheden, omdat het niet om een bruiloft of begrafenis gaat. Zo zat ze te zwijgen.

'Begrijp jij het, Nunu?' vroeg ik.

'Ja, ik begrijp het, kind,' zei ze, en ze omhelsde me.

Zo zaten we te wachten tot het stompje van de kaars zou opbranden of de wind zou gaan liggen, die sinds middernacht om het huis heen huilde en de verslapte bladeren van de bomen rukte – of misschien wachtten we tot het ochtend werd, ik weet zelf niet eens meer waar we op wachtten. Ik rilde.

'Je bent moe,' zei ze, en ze dekte me toe.

'Ja,' zei ik. 'Ik ben erg moe. Het is allemaal erg veel geweest. Ik zou wel willen slapen. Nunu, liefje, wil jij mij die drie brieven voorlezen?'

Ze zocht in de zak van haar schort, haalde haar ijzeren bril tevoorschijn en bekeek de brieven aandachtig.

'Ze zijn geschreven door Lajos,' zei ze.

'Herken je het handschrift?'

'Ja. Heb je ze nu gekregen?'

'Ja.'

'Wanneer heeft hij ze geschreven?'

'Twintig jaar geleden.'

‘Ligt het aan de post dat je ze nu pas gekregen hebt?’ vroeg ze nieuwsgierig, met een beetje jaloezie.

‘Nee, niet aan de post,’ zei ik, en ik glimlachte.

‘Aan wie dan?’

‘Aan Vilma.’

‘Heeft zij ze gestolen?’

‘Inderdaad.’

‘Ja,’ zei zij, en ze zuchtte. ‘Zij ruste in vrede. Ik heb haar nooit gemogen.’

Ze zette de bril op haar neus recht, boog zich naar de vlam en begon op de trage toon van een schoolkind zachtjes een van de brieven voor te lezen.

‘Mijn lieveling,’ las ze, ‘het leven speelt een eigenaardig spel met ons. Ik heb geen andere hoop dan dat ik jou voor altijd heb gevonden...’

Ze stopte met lezen, duwde haar bril op haar voorhoofd en draaide zich met glanzende ogen ontroerd en verrukt naar me toe: ‘Wat kon hij prachtige brieven schrijven!’

‘Ja,’ zei ik. ‘Lees maar verder. Hij was een uitstekende brievenschrijver.’

Maar de wind, die septemberwind die tot dat moment geniepig rond het huis sloop en kletterende geluiden maakte, scheurde nu de ramen open, liet de gordijnen wapperen, raakte alles aan en bewoog alles in de kamer alsof hij een boodschap bracht. Daarna doofde hij de vlam van de kaars. Dat is wat ik me nog herinner. En ik weet nog vaag dat Nunu later de ramen sloot. Toen viel ik in slaap.

(1938)